渚くんを
お兄ちゃんとは呼ばない

～ありえない告白～

夜野せせり・作
森乃なっぱ・絵

集英社みらい文庫

もくじ

鳴沢千歌

まんが好きの地味女子。パパの再婚で、いきなりきょうだいができて…!?

高坂 渚

千歌のクラスメートで学校1モテる。サッカークラブに所属。

鳴沢 学
千歌のパパ。メタボな体型だけどやさしい。

高坂悠斗
渚の兄の中学１年生。王子様のようなルックス。

高坂みちる
渚と悠斗の母。歯科医院で働いている。

藤宮せりな
千歌のクラスメート。渚のことが好き。

メグ
千歌の親友。まんが・イラストクラブ所属。

杉村
千歌のクラスメート。なにかとひやかしてくる。

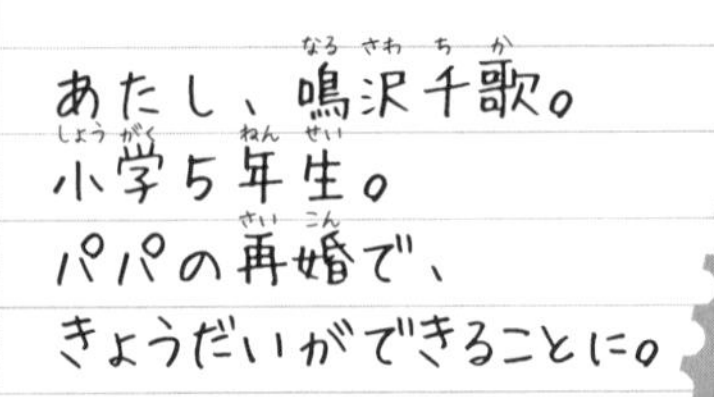

あたし、鳴沢千歌。
小学5年生。
パパの再婚で、
きょうだいができることに。

だけどその男の子は……

学校1の
モテ男子
渚くん！
（しかもクラスメート）

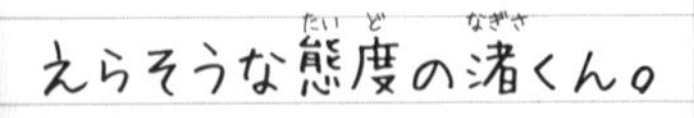

えらそうな態度の渚くん。

だけどイジワルだったり、
やさしかったりする
渚くんのことを

好きになって
しまったの！

モテる渚くんと
いっしょに
暮らすことは
絶対にヒミツ…。
あわただしい
毎日だったけれど、
ある日、まんが部の
原口先輩に
とつぜん
告白されて……!?
つづきは小説をよんでね!

1. どきどきの毎日

「がんばって、渚くん……！」

サッカーボールを追いかけてピッチを駆けまわる渚くんを、祈るような気持ちで見つめる。

ザンッ！

渚くんがはなったシュートが、ゴールネットをゆらした。

きゃあああっ、と、女の子たちの黄色い歓声。

ホイッスルが鳴り、試合終了。

たくさんの女の子たちにもみくちゃにされながらも、渚くんは、まっすぐに、あたしのところにやってきた。

「千歌」

いつになく真剣に見つめられて、あたしの心臓はどきんと跳ねあがる。

「千歌。さっきのゴール、おまえのために決めたんだ。おれと」

渚くんがあたしの手を取った。あたしはじっと、つづきの言葉を待つ。

吸いこまれそうに大きな、渚くんの瞳。その瞳に、あたしがうつっている。

おれと。おれと、なに……？

「……千歌。千歌」

そんなに何度も名前を呼ばないで……。

「おい！　千歌っ！」

「なぎさく……」

「千歌！　いいかげん起きろ！」

「まって、あと10分。いま、いいとこなんだから……」

「なんの夢見てんだよ」

渚くんのあきれ声が聞こえる。

ん？　あきれ声？

なんの夢？

……夢？

ぱちりと、目をあける。ここ、グラウンドじゃない。あたしのベッドだ！

あわてて飛び起きると、いきなり手が伸びてきて、ほっぺをむにっとつまれた。

「ねぼすけ。おまえ、目覚まし時計買ってもらえよ」

な、渚くん！

「ふぁ、ふぁぎさくん、はなひて」

ほっぺをつままれてるから、うまくしゃべれないよ！

渚くんは、ぷーっとふきだした。

「朝ごはん。さっさと食わねーと、学校、まにあわねーぞ？」

そう言って、やっと、ほっぺたから手を離してくれた。

「か、勝手に部屋に入ってこないでって、何度も言ってるのに！」

「入ってこられたくなかったら、ちゃんと自力で起きろよな」

ううっ……。正論。なにも言いかえせない。

しゃっ、と、渚くんはカーテンをあけた。

とたんに、朝のまぶしいひかりがさしこんで、渚くんを照らす。

つやのある黒髪が朝日にふちどられて、まるでスポットライトをあびてるみたい。

きりっとしたまゆに、大きな瞳。力強く見つめられたら、どきどきして動けなくなる。

無邪気にくしゃっと笑われたら、胸がきゅっとなっちゃう。

ほんとに、ずるい。アイドルみたいに、人の目をぱっとひきつけちゃうんだもん。

渚くんは、同じクラスの、モテ男子。背が高くて顔もかっこいいうえに、運動神経もばつぐんで、体育の時間はいつもヒーロー。サッカーのクラブチームに入ってて、活躍してる。

いつもクラスの中心にいて、きらきらきらきら、ひかりをあびている、そんな男の子。

いっぽう、あたしは。教室のすみっこでひっそりと過ごしてる、底辺地味女子。

渚くんがひまわりなら、あたしは苔。

同じクラスといえど、まったくかかわりはなかった。……ん、だけど。

あたしのパパと渚くんのママのみちるさんが再婚して、あたしたち、きょうだいになってしまったんだ!

こうして、ひとつ屋根の下で暮らしてるけど。

こんなふうに、不意打ちで部屋に入ってこられたりするから、あたし、どきどきしっぱなし。

ほんと、心臓に悪いよ。

「それにしても、どんな夢見てたわけ? 千歌、ずーっと枕抱きしめてにやにやしてたぞ」

ぎ、ぎくっ。どんな夢って、それは……。

「あれ？　千歌、顔赤くね？　熱でもあるんじゃねーの？」

渚くんがあたしのおでこに手を当てた。

どきんっ！

「だ、だ、だいじょうぶだからっ！　それより、いまから着替えるから、早くでてって！」

あわてて、渚くんを押しのけた。

ほんとにほんとに、心臓に悪い。

好きなひとと、いっしょに暮らしてるだなんて……！


準備をすませて1階におりると、ほんわか、朝ごはんのいいにおいがただよっている。

「おはよう、千歌ちゃん」

制服にエプロンをつけた悠斗くんが、にっこりほほえんだ。

ダイニングテーブルにならんだ、ほかほかごはん。ぱりっと焼いたソーセージに、ふっくらした卵焼き。豆腐とわかめのお味噌汁に、白菜のお漬物。

朝ごはんをつくるのは、パパと、悠斗くん。

悠斗くんは渚くんのお兄ちゃんで、いま、中1。あたしたちよりふたつ年上だ。

やさしくて頭がよくて、料理も上手だし、とにかくかんぺきでかっこいい。

切れ長の目にふちなしのメガネをかけてて、すごく知的な、癒しの王子様って感じなんだ。

「千歌ちゃん、ほっぺに、ごはんつぶついてるよ！」

むかいの席に座っているみちるさんが、あたしにウインクした。

「みちるさんも、ついてる」

口のはしっこに、ごはんつぶ。

「あらやだ、ホントだ！」

みちるさんは、あははっと笑った。

渚くんたちのママ、みちるさん。美人だし、すごく明るくて元気。みちるさんが笑うと、家の中がぱあっとはなやぐ。

まだ、はずかしくて「ママ」って呼べないけど。いつかは、そう呼べる日がくるのかな。

パパはあたしたちのやりとりをながめながら、にこにこしてる。

夏休みから同居をはじめて、いま、10月の終わり。家族になって3か月ちょっと。

でこぼこ家族のあたしたちだけど、ひとまず、うまくいってる。……よね？

「ごちそうさま。いってきます」

渚くんが席を立った。

いつも、渚くんのほうがあたしより少し先に家をでる。

決して、ふたりいっしょに登校なんてしない。

学校のみんなには、あたしたちがきょうだいになったこと、ひみつにしてるから。

玄関でくつをはいていると、ぽんっと、背中をたたかれた。

ふりかえると、みちるさんだ。

「渚ったら、給食袋忘れていったみたい。千歌ちゃん、わたしておいてくれる？」

うなずいて、受けとった。

もう、渚くんってば！　ダッシュで追いかけなきゃ。

「いってきますっ！」

あわてて、玄関のドアをあけて飛びだしたら。

どんっ！　と、いきなり、なにかにぶつかった。

「きゃっ！」

「千歌！　飛びだしてくんなよ、あっぶねーな」

「な、渚くん。どうして」

「忘れ物したから取りにもどってきた。そうそう、これだよ」

渚くんはあたしの手から、給食袋をひったくった。そしてすぐに、さっときびすをかえしたから。

あたしは、はしっと、渚くんのシャツのすそをつかんだ。

「なんだよ」

渚くんが、ふたたびあたしのほうをふりむく。

「あ、あたしが届けてあげる予定だったんだから。なにかひとこと、ないの？」

「ひとこと？」

「ありがとう、とか。さんきゅ、とか。そういうの」

渚くんは、給食袋のひもを指にひっかけて、ぶんぶんとまわした。

「妹なんだから、兄の忘れ物届けるぐらい、トーゼンなんじゃねーの？」

「生まれた順番では、妹かもしれないけど！　召使いじゃないんだからね！」

「おれだって、ねぼすけをわざわざ起こしてやったのに、お礼なんて言ってもらってねーし」

「そんなことたのんでないもん」

「おれだってたのんでねーし」

む、むかつく！

渚くんは、あたしに対して、こんなふうに、すっごくえらそうな態度をとるの！

「あたし、もういく！」

むきになって、渚くんを追い越したら。

いきなり、くいっ、と。うしろから、あたしの、耳の下でふたつにくくった髪の毛をひっぱられた。

「やめてよ！　くずれちゃうじゃん！」

苦労して高さをそろえて結んだのに！　あたし、髪くくるの、すごく苦手なのに。

むきーっ、と、頭から湯気をだしてるあたしを見て、渚くんは、くくくっ、と笑った。

あたしのこと、おちょくって遊んでるよね？

イヤになっちゃう。

……だけど。

ほんとは、すごくやさしいってことも、知ってる。

いっしょに暮らすようになって、わかったんだ。

くやしいけど……。あたし、渚くんのことを、好きになってしまった。

「じゃーな千歌。また、学校で」

渚くんはそう言うと、さっと、あたしの横をすりぬけた。
「遅刻すんなよ？　おまえ、足遅いんだし」
にいっと、いじわるく笑う。
その言いかた！
渚くん、どうしていつも、ひとこと多いの！
あたしの、はじめての恋。
これからいったい、どうなっちゃうんだろう……！

2. それってまさか、告白ですか？

「渚く〜ん！　算数の宿題がわかんなくって〜。おしえて〜！」

5年2組の教室に入ったとたん、甘ったるい声が耳にとびこんできた。

渚くんの席を見やると、藤宮せりなが、ノートを持って渚くんにまとわりついている。

せりなはいつも上目づかいで、あまーい声で渚くんの名前を呼ぶ。

お目目ぱっちりで、お人形さんみたいにきれいな顔。

服も小物もガーリィで、しかも流行の最先端。とにかく目立つ、うちのクラスの女王様的存在。

渚くんのことがずっと好きで、ぬけがけして彼に告白した子は、裏でひどい目にあわされるとかなんとか、こわーいうわさもある。

あたしみたいな底辺女子が、渚くんといっしょに暮らしてるだなんて、せりなにばれたら。

どんなイヤなことをされるか、想像するだけで身ぶるいしちゃうよ！

だからあたしは、必死に、渚くんとの関係をかくしている。

ため息をつきながら、ロッカーにランドセルをしまっていると、ぽん、と肩をたたかれた。

「おはよ、千歌」

メグが、にっかりと笑っている。

赤いフレームのメガネがトレードマークのメグは、あたしの親友。

「おはよっ」

「今日のクラブの時間、楽しみだね。原口先輩のニュース、聞いたでしょ？」

「うん！　びっくりしたけど、先輩なら納得だね。めちゃくちゃうまいもん」

「またまた～。千歌だってすぐに追いつくって。学習発表会のまんが、評判よかったじゃん」

メグが「いししっ」と笑いながらあたしをひじでこづいた。

あたしはゆっくりと首を横にふった。

「まだまだ、先輩には遠くおよびません。もっともっと修行しないと！」

「すごい！　千歌、燃えてるじゃん！」

えへへ、と、笑う。あたし、燃えてるのかな。

あたしはまんがを読むのが大好きで、まんが・イラストクラブに入っている。

自分でも、まんがを描いていたけど、完成させたことはなかったし、だれかに読んでもらう勇がんばれよ、っていう、渚くんの声を、あたし、いつまでも耳の奥でリピートしてる。

だけど……。渚くんが、いっしょうけんめいはげましてくれて、描ききることができたの。

気もなかった。


「千歌。ちーかー。なに、自分の世界にひたってんのー？」

メグがにやにやしながら、あたしの顔をのぞきこんだ。

「目、うるうるさせちゃって。最近の千歌、なーんか、へんなんだよなあ？」

「へ、へん？　そうかな？」

「まるで恋するオトメみたい！　なんつって」

とたんに、ぼんっ！　と、顔から火がでたみたいに、熱くなった。

メグには打ち明けたいなって、思ってはいるんだけど。でもやっぱりはずかしい。

あたし、恋とか、そういうキャラじゃないし。

しかも、好きになったのが、学校でいちばんモテる男の子だなんて。

おまけに義理のきょうだいだよ……。

とてもじゃないけど、言いだせない。

6時間目がやってきた。

週に一度の、クラブ活動の時間。

メグといっしょに、まんが・イラストクラブの教室にむかうと、人だかりができていた。

「みんな、原口先輩のこと、見にきてるんだよ」

メグがつぶやく。

「なんてったって、小学生まんが家だもんね。すごいなあ……」

まんがクラブの6年生、原口レン先輩は、なんと、つい最近、まんが家デビューした。

少年雑誌のまんが賞のグランプリをとったんだって。

先輩自身はだまっていたのに、雑誌を見た生徒たちがさわいで、あっというまに広まった。

いいなあ。あたしもいつか、まんが家に……、なりたいなあ。

授業のはじまりのチャイムが鳴って、むらがっていた生徒たちはいっせいに散っていった。

原口先輩は、まゆひとつ動かさず、自分の席でノートにまんがを描いている。

先輩は、ふわっとした、やわらかそうなくせっ毛を、うっとうしそうに手でかきあげた。

ひとえのすずしげな目に、すっと通った鼻すじが、クール な印象。

背も高くて、細身ですらっとしてるから、6年生の中でもすごくおとなっぽい雰囲気。

物静かで、あんまり、友だちとはしゃいでるのを見たことがない。

一匹狼なのかな？　ちょっと近よりがたいかんじ。

「原口先輩ってさ。けっこうかっこいいよね」

メグが、こっそりとあたしの耳もとでささやいた。

「グランプリなわけだし。プロデビューなわけだし。ひそかに狙ってる6年女子、いっぱいいるらしいよ」

「メグってば、どこからそういう情報を……」

なぜかうわさ話にくわしい、あたしの親友。独自の情報ルートでも持ってるんだろうか……。

でもあたしは、先輩がモテるかどうかなんて、たいして興味ないや。

先輩みたいに上手に描くには、どうすればいいか。それは、とっても知りたいけど。

まんが、がんばれよって、渚くんも応援してくれてるから……。

渚くんのことを思うと、胸が、きゅーっと、苦しくなる。

と、ふいに原口先輩が、こっちを見た。

目が合って、あたしは、なんとなく、ぺこんと頭をさげた。

先輩は、ふふっ、と、かすかな笑みをうかべて、またえんぴつを動かしはじめた。

なんだか、意味深な笑顔。

ま、いいや。あたしも、つぎの作品を考えなきゃ。

だけど、今朝の、渚くんの夢が頭から離れない。

千歌のためにシュートを決めた、って。きゃーっ！

ずっと、ふわふわと渚くんのことを考えていたら、あっというまにクラブの時間は終わった。

結局、なにも進まないまま、もう放課後。

通学路ぞいにならんだけやきの木の、赤茶けた葉っぱが、ひらひら舞い落ちる。

先生に用事をたのまれて、いつもより帰りが遅くなってしまった。

あたしたちの家は、校区のはじっこにある。

近所には、お年寄りのおうちが多くて、小学生はあまりいない。

だから、あたしと渚くんがいっしょにいるところを、いまのところはだれにも見られずにすんでいる。

でも、いつまでごまかしつづけられるかなあ……？

「あっ」

渚くんだ。ちょうど、うちの門からでてきたところ。

サッカーボールを持ってる。練習にいくのかな？

あわてて、駆けよった。

「千歌。ずいぶん遅いじゃん」

「ちょっとね。渚くんは、いまから公園？」

「まあな。３組の洋平たちとサッカーしてくる。最近うちのチームに入ったんだよ」

「ふうん」

だれそれ。渚くんはあたしとちがって、友だちが多いからなあ……。

「いってらっしゃい」

「おう。あっ、そうそう。冷蔵庫に牛乳プリンあるけど、あれ、おれのだから。食うなよ。ぜったいに、食うなよ？」

「あたしのは、ないの？」

「ない」

「えーっ！　どうして！　ずるいよ！」

「となりのおばさんが回覧板持ってきたついでに、おれにくれたんだよ。1個だけしかないけどって」

ひどい〜！　さてはとなりのおばさん、渚くんファンだな？

むーっと、ほっぺをふくらませる。

「おまえ、その顔、おまえの部屋にあるパンダそっくり」

「…………っ！」

あたしがハマってる、ブサかわキャラ、まゆげパンダ。

夏のパジャマもまゆげパンダで、渚くんに、すっごく笑われたっけ。

「ひどいよっ！」

わーわー、門の前で言いあってたら。

「……鳴沢？」

低い声が、背後から聞こえた。

ふりかえると、そこにいたのは。

「はっ、原口先輩！」

なぜ。なぜここに、原口先輩が。

ていうかいつからいたの？　会話も、聞こえてた？

原口先輩は、あたしと渚くんを、交互に、まじまじと見つめている。

渚くんは、「だれコイツ？」と、あたしに目でうったえかけている。

「ふうーん……」

原口先輩は、あごに手をやって、にやりとほほえんだ。

ど、どういう意味の笑顔？

まさか、気づいた？　あたしと渚くんの関係に。

やばいよ～！

「おーい。鳴沢千歌ー。いるー？」

つぎの日の、昼休み。クラスの男子・杉村聡史が、教室のドアのところから、あたしを呼んだ。

いったいなに？

杉村はいつもイヤミばかり言ってくる、あたしの天敵。

警戒しつついくと、杉村がにやけながら、

「よ・び・だ・し。オ・ト・コ、の」

と、あたしにささやいた。そして、

「鳴沢千歌がーっ！　6年生の有名人にーっ！　呼びだされたぞーっ！」

と、大声でさけんだ！

「ちょ、ちょっと、やめてよっ！」

あわてて教室をでると、そこにいたのは、原口先輩。

ぎゃあぎゃあさわいでいるうちのクラスの男子たちに、つめたい視線を投げかけている。

「外野がうるさいな。ちょっと外にいこう」

「は、はい……」

な、なんの用だろう？

昨日のことしか、思い当たるふしがない。

原口先輩のおばあちゃんの家が、うちの近所らしくて、たまたま用事があってきたんだと、先輩は言っていた。

渚くんのことに関しては、なにも聞かれなかったから、ひとまずはほっとしていたんだけど。

でも、こうしてわざわざ呼びだすなんて。なんなの？

連れだって校舎をでて、中庭へ。

今日は天気がよくてあたたかい。花壇のコスモスが、ピンク色の花を咲かせている。

先輩の茶色がかったくせっ毛が、太陽のひかりをあびて光っている。

「単刀直入に聞くが」

いきなり切りだされて、びくっとからだが跳ねた。

「昨日、きみと話していたのは、高坂渚くんだね？　うちのクラスの女子がかわいいとさわいでいたから、彼のことは知っている」

やっぱりその話！

ていうか渚くん、６年女子にも人気があるなんて……。ライバル多すぎだし。

「そ、それがなにか」

「ずいぶん親しげだったが、どういう関係なのかと思って」

「ど、どどどどういう関係って」

「冷蔵庫のプリンがどうとか。まるでいっしょに暮らしているかのような」

どっきーんっ！

やっぱり、会話、聞かれてたんだ。冷や汗が、たらり。

「ああああのっ！　このことはどうか、ないしょにしてくださいっ！」

いきおいよく頭をさげる。

「なぜ」

先輩は、首をかしげて、まゆをよせた。

「渚くん、女子に大人気なんです。きょうだいになっていっしょの家に住んでることを知られたら、あたしきっと、ひどい目にあわされる」

「ふうーん？　きみたち、きょうだいなんだ」

はっ……！

しまった。あたし、つい。口走ってしまった……。

「親の再婚とか、そういう事情？」

「そ、そうです……」

あたしのバカ。バカバカバカ。

「ということは、べつに、彼とつきあっているわけではないと」

「つ、つきあうだなんて……！　そんなことは決して……！」

ぶんぶんと首を横にふった。

「そうか。なら、よかった。それを確認したかったんだ」

「……はい？」

よかった？　なにが？

「鳴沢。俺と、交際してみない？」

コーサイ?

ぽかんと、口をあけた。

かあーっ、と、カラスの鳴く声がまぬけにひびく。

「男女交際してみない？　というイミ」

「だんじょこうさい……って、その」

「つきあおうよ、って言ってるんだよ。恋愛まんが描いてるくせに、にぶいなあ」

先輩は髪をかきあげて、苦笑した。

3.取引、成立？……してません！

「ちょ、ちょっと待ってください。な、なにゆえにあたし？」

いきなりの展開に、あたし、パニック。

これって告白？　あたし、原口先輩に、告白されてるの？

ありえないよ！　あたしみたいな、地味女子が！

突然のことに、なにも言えないでいると。

先輩は、ふっ、と、やわらかな笑みをうかべた。

「きみのまんがを読んだ。ガチでまんがに取り組んでる子がこの学校にもいることが、素直にうれしかった」

「は、はい」

でも、だからって、つきあおうって気持ちになる？　ふつう。

「正直に言おう。俺は、まんがのために、女子のリアルが知りたい。女の子のキャラが弱いと、担当の編集者に言われているんだ」

担当編集……。ほんとにプロデビューしたんだ。すごいな。雲の上のひと、って感じ。

って、うらやましく思ってる場合じゃないっ！

「女子の気持ちを知るには、交際してみるのがいちばん手っとりばやいだろう？」

女子の気持ちを知りたいから……？

それはつまり、まんがのネタのために、彼女がほしいってこと？

「だったら、あたしじゃなくてもよくないですか？」

メグが言ってた。原口先輩をひそかに狙ってる女の子、けっこういる、って。

「鳴沢がぴったりだと思ったんだ。まんがのことをわかってくれる子がいいからね」

そんなこと言われても。それに。

「それって……。その、すごく失礼じゃないですか？　ネタのために彼女になってくれだなんて」

「失礼なのは承知している。だから、そのかわりに、と言ってはなんだけど。きみのまんががもっと上達するように、アドバイスしたい。俺がプロの編集者から言われていることとか、つたえてもいい」

悪くないだろう？　と、先輩はほほえんだ。

いや。いやいやいや。ちょっと待ってよ。

たしかに、まんが、うまくなりたいよ？

でも。そのかわりに、好きでもないひととつきあうだなんて。

「無理です……」

「ふうーん」

先輩は、腕組みして、にやりと、いじわるい笑みをうかべた。

「きみに拒否権あるの？」

「どういうイミ……」

「高坂渚くんとの、ひみつのカンケイ。みんなにばれたら、嫉妬されていじわるされちゃうって、言ってたよね？」

「…………っ！」

まさか。まさかまさか。あたしをおどしてるの？

ことわったらバラすよって、言ってるの？

「ま、考えておいてね」

先輩は、あたしの肩を、ぽんとたたいて、いってしまった。

風が吹いた。コスモスの花たちがゆれた。

どうしよう……。ピンチだよ、あたし……！

よどんだ気持ちのまま、教室にもどると。

「ひゅーっ！」

いきなり男子たちにとりかこまれて、はやしたてられた。

「鳴沢～！　やるじゃ～んっ！　6年のまんが家センセイに告られたんだろ？」

げっ！　杉村！

「こ、告られてなんか……」

むしろ、おどされたっていうか。

「照れるなって！　まんが家カップル誕生じゃん？　いまのお気持ちを、ひとつ」

杉村は、丸めたノートをマイクに見たてて、あたしに差しだした。

「ちょ、ちがうからっ！」

「ここで高坂渚くんにもインタビューしてみましょうかね～」

えっ。な、なぜ、渚くんに。

杉村は教室の後方に、いそいそと移動した。

渚くんは、ロッカーによりかかって、腕組みしている。

無表情だし、渚くん。おねがい、誤解しないで。先輩とはなんでもないの！

「な・ぎ・さ・くう〜ん。鳴沢千歌さんが告白されたことについて、どう思いますか？　やはりおもしろくないですか？」

「……べつに？」

「リアクション、うすっ！　三角関係なのに〜」

杉村、もうやめてよ。

杉村も、せりなと同じく、渚くんとあたしのことをかんぐっている、要注意人物なんだ。

渚くんは、はあーっ、と、ため息をついた。

「鳴沢とはそんなんじゃないって、言ってんだろ？　なんとも思ってないし」

ずきん……。

同居のこと、ひみつにしてって、たのんだのはあたしだし。

あたしはまだ、渚くんにつりあうような女の子じゃないって、自分でもわかってるけど。

でも、なんとも思ってないって、はっきり言われたら。

胸がうずくよ……。

「杉村ーっ。もういいじゃん。渚くんは鳴沢さんには関係ないのっ！　鳴沢さんは原口レン先輩と仲よくしてればいいんだし。ねっ？」

せりなが、杉村と渚くんのあいだに、割って入った。

あたしのことを、勝ちほこったように見つめている。

「渚くんは鳴沢さんみたいな子なんか、興味ないのっ！　わかった？」

ゆるくカールのついた長い髪を、さっと、手ではらった。

くやしい……。

学校が終わって、家に帰ると、玄関にはもう、渚くんのくつがあった。

あたしは、心配してくれたメグに、だいたいの事情を説明していたから、帰るのが遅くなったんだ。同居がばれておどされたことまでは、話せなかったけど。

渚くんは、リビングのソファに座って、まんが雑誌を読んでいる。

今日のさわぎのこと、本当のところは、どう思っているのかな。

「ただいま」

「おう」

「その雑誌って」

「あいつのまんがが載ってる雑誌だよ。すげーんだな。おもしろいし、うまいし。まじでプロなんだな」

あたしはランドセルをローテーブルのわきにおいて、渚くんのとなりに腰かけた。

至近距離で見る、渚くんの横顔。

とくとく、とくとく。鼓動がはやくなる。

「こんなにすごいやつに告白されるとか、おまえ、なかなかやるじゃん」

ぼそりと、渚くんがつぶやいた。

「まって渚くん。ちがうよ、あたし、告白なんか」

されてない、と、言おうとしたタイミングで。

ピンポーン、と、チャイムが鳴った。

「……でてくる」

渚くんファンの、となりのおばさんかもしれない。あたしは立ちあがった。

がちゃりとドアをあけると、

「やあ」

は、原口先輩！

先輩は、にっと笑って、片手をあげた。

「な、なんの用ですか」

そうだった。家を知られてしまっていたんだった。

「今日も祖母の家によったから、ついでに。鳴沢、こういう本、読むかなあと思って。俺が参考にしてる、まんがのハウツー本なんだけど」

大きな紙袋をわたされた。

「わ、わざわざありがとうございます……」

「それで、例の件についてなんだけど」

どきっ！　まさか、この本を受けとったら、おつきあい成立とかじゃないよね？

「千歌ー？　だれがきたんだー？」

渚くんが、廊下の奥からあらわれた。

「こんにちは、高坂渚くん」

原口先輩が、不敵にほほえむ。

「……ども」

渚くんは、いぶかしげに先輩を見やった。

「鳴沢から、ぜんぶ聞いたよ。きみたち、義理のきょうだいなんだってね」

渚くんが、あたしに視線をうつした。

責めるようなその瞳に、あたしはぶんぶんと首をふる。

「ば、ばれたの！　昨日、見られちゃったでしょ、それで」

「……まあ、いいけど」

渚くん、ぴりぴりしてる。ふだんより声が低くて、なんだか機嫌悪い。

ていうか、先輩も、いきなり家にまでくるなんて。

どういうつもりなの？

「だいじょうぶだよ、俺は口がかたいから。きみたちのひみつは、ちゃんと守るよ」

ね？　と、先輩はあたしに笑いかけた。

「は、はい……」

返事をするので、せいいっぱい。

あたしは、受けとった紙袋の持ち手を、ぎゅっと、にぎりしめた。

ひみつを守るかわりに、彼女になる。

そんな取引、受け入れたくないよ！

4・家族に心配、かけんなよ？

原口先輩にわたされた紙袋の中には、まんがの描きかた解説本のほかに、手紙も入っていた。

手紙、というか。ルーズリーフに書きだされた、メモのようなもの。

先輩のやり口には腹が立っていたけど、つい、気になって見てしまった。

「上達する近道」

というタイトルがついている。

まんが雑誌に、毎月投稿すること。数をこなせ。プロに見てもらえ。

ネームをたくさんつくれ。週に1本のペースで描け。

ネームができたら、見せてくれ。意見を言うことぐらいは、できる。

そんなことが、書かれていた。

先輩って、本当に、まんがに関して情熱的なんだなあ。

雑誌に投稿すること、か。……そうしたほうがいいのかなあ。

リビングで、家族共用のパソコンをひらく。

「小学生まんがコンテスト」のホームページへ。ここで、入賞作品が読めるのだ。

その名の通り、小学生限定のまんがコンテストなんだけど、みんなとにかくうまい。

たしかに、賞をとるとか、そういう目標を持ってチャレンジしたほうが、うまくなれるよね。

「ネームを週に1本、かあ……」

ぽつりと、つぶやく。

ネームというのは、コマわりして、ざっくりと絵を描きこんだ、いわば、まんがの設計図。

毎週毎週、新しい話を考えるだなんて、先輩、そんなすごいことやってるんだ。

あたしにも、できるかな……？

というか、それぐらいこなさなきゃ、デビューなんて無理なの？

先輩に見てもらおうなんて考えてないけど、チャレンジぐらいは……、してみようかな。

ごはんもお風呂も終えて、自分の部屋にもどったあと。

あたしは、ノートを広げて、お話を考えはじめた。

このあいだ見た夢をまんがにしたら、おもしろそう。

サッカー部の男の子がいて、彼に恋する女の子がいて。さわやかでキュンとするような話……。

いいかも。さっそくあたしは、えんぴつを動かしはじめた。
気づいたら夢中になってて、ふと時計を見ると、深夜2時をすぎてる！
やばい！
早く寝なくちゃ、また起きられなくて、渚くんに「ねぼすけ」って言われる。
寝起きのぶさいくな顔、見られたくないよ。って、いまさらかもだけど……。
あわてて、ベッドにもぐりこんだ。
つぎの日の朝は、根性で、ちゃんと早めに起きた。
とはいえ、頭がぼーっとする。
朝ごはんは、トーストと目玉焼きとサラダ。悠斗くんお手製のドレッシングつき。
いつもはとってもおいしいのに、眠すぎて、味がわからない。
「千歌ちゃん、だいじょうぶ？　顔色悪いけど」
悠斗くんが、メガネの奥の目をくもらせている。
「だいじょうぶ。ごめんね、心配かけて」
ありったけの笑顔をつくって、あたしは、トーストのかけらを牛乳で流しこんだ。
渚くんが、ちらりと、そんなあたしのことを見やった。

気のせい……かな。

「……さん。鳴沢さん。指名されてるよ」

つんつん、と、となりの席の子が、あたしをつつく。

それで、はっと目をあけた。

先生が、腰に手を当てて、眉間に思いっきりしわをよせている。

やばっ……。授業中なのに、寝てた。

「鳴沢。20ページの段落3から読んでくれ、って、先生ずっと言ってるんだけどなぁ」

「は、はいっ」

あわてて教科書を広げる。けど、これ、国語じゃなくて算数じゃん！

「だっせー、鳴沢。寝ぼけすぎーっ！」

杉村がさわぎたてて、どっと笑い声がわいた。

あまりのはずかしさに、顔がかあっと熱くなる。

結局、授業が終わったあと、先生にこってり叱られてしまった。

今日のあたしは、一日中こんな感じで、ぼーっとして失敗をくりかえしてばかり。

うう、眠いよう。

家に帰ったらすぐにベッドにダイブしよう。そう思って、放課後、急いで教室をでた。

なのに。

「鳴沢」

昇降口で、呼び止められた。

はっとしてふりかえると、やっぱり原口先輩。

「いっしょに帰らない？」

「いやです」

すたすたと、早歩きで逃げる。

「つきあってる男女は、いっしょに下校するものだろう？」

先輩はついてくる。しかも、余裕たっぷりって感じの笑みをうかべてるし。

まるで、あたしの反応を見て、おもしろがってるみたい。

「つきあってないですし」

「じゃあ、バラすけど」

「待ってください。それって、あまりにも……」

むきになってつっかかったあたしを、先輩は、まあまあ、と、片手で制した。

「ネーム見せてよ」

「そんなもの、描いてません」

「見せてくれたら、今日のところは解放してあげるよ」

……………。

結局、ふたりで、学校の近くの小さな公園によった。

ベンチにならんで座って、先輩に、ゆうべ描いたネームを見せる。

ちょっと、緊張。

先輩は、真剣な目で、あたしのネームに目を通している。

すごいダメだしされたらどうしよう。どきどきするよ……。

「ふうーん。いいじゃん」

ほめられた！

「ほんとですかっ？」

あたしは、つい、食い気味に身を乗りだしてしまった。

先輩はにやりと笑うと、

「でも、これ、とちゅうでしょ？　さいごまで描いてよ」

「でも」

「明日までに。ぜんぶ描いてきて」

「あ、明日？」

眠くてふらふらなのに！　そんなの無理だよ！

「それぐらいできなきゃ、デビューなんて永遠に無理だよ」

さらりと、先輩は言ってのけた。

ううっ、くやしい……！


帰宅後。昼寝はやめて、あたしはまっすぐに机にむかって、ノートを広げた。

なんだか、うまいこと、手のひらの上で転がされている気がする。

先輩は、いったいあたしをどうしたいんだろう？

彼女じゃなくて、弟子にしたいんじゃ？

弟子なら、まあ、悪くないけど。

それより、まんがだ。もう、文句なんて言わせない。

ヒーローは、サッカー部のエースの男の子。名前は、「シュン」。

夢の中で、「千歌のためにゴールを決めた」って言ってくれた渚くんのイメージ。

さすがに、渚くんを、そのままモデルにするわけにはいかないけどね。

とびきり甘酸っぱい、恋のお話にしたいな！

あたしは、すぐに、ネームに夢中になった。

夕ごはんもそこそこに、部屋にこもって何度も練り直す。かんぺきだって言わせたい。

だけどさすがに、頭が痛くなってきたよ。のどもかわいたし、なにか飲もうかな。

部屋をでて、階段をおりるとちゅうで、のぼってこようとしていた渚くんに、ばったりはちあわせした。

「千歌。風呂、あいたぞ。入れよ」

「う、うん」

渚くんはお風呂からあがったばかりみたい。髪がまだ、しっとりぬれてる。

渚くん、いつも、みちるさんに「しっかり、かわかしなさい」って注意されて、「めんどくせー」って言いかえしてる。けっこう、おおざっぱなんだ。

「千歌？　どうした、ぼーっとして。学校でもおかしかったし、だいじょうぶかよ」

「う、うん、へいき」

そう答えて、あわてて階段をおりようとしたら。

「……………っ！」

足がもつれて、ふみ外してしまった！

「千歌！」

はしっと、渚くんがあたしの腕をつかむ。

階段から落ちそうになっていたあたしは、そのまま、渚くんの腕の中に、すっぽりとおさまってしまった。

「……あっぶねーな」

渚くんの声が、すぐ近くでひびく。

シャンプーのにおいと、お風呂あがりの、あたたかい体温。

「ご、ご、ごめんなさいっ！」

事故とはいえ、抱きとめられてしまった。

渚くんは、ぱっとあたしを引き離すと、

「気をつけろよ」と、ぶっきらぼうに言った。

どきどき、どきどき。心臓が早鐘をうつ。

「風呂入って、さっさと寝ろ。寝不足はよくねーぞ」

渚くんの顔、はずかしくて見られないよ。それに多分、あたし、真っ赤になってる。

こくりとうなずくだけで、せいいっぱい……。

お風呂のときも、髪をかわかしているときも、歯みがきしているときも。

なにをしてても、渚くんのぬくもりを思いだして、ぽーっとしてしまう。

ベッドに入っても、どきどきして、寝がえりをうってばかり。

「ネームでも描こうかな」

むくりと起きあがって、電気をつけた。どうせ眠れないなら、その時間をまんがに使おうと思ったんだ。

バカなあたし。これが、よくなかった。

やっぱり夢中になっちゃって、気づいたら、もう明け方！

ベッドに入って少し寝たけど、すぐに起きて学校の準備。

朝ごはんも、気持ち悪くて、ぜんぜん食べられない。

「千歌、どうしたんだ」

パパが心配してる。悠斗くんもみちるさんも、不安げな顔をしている。

「学校、お休みする？」

みちるさんがそう言ってくれたけど、あたしは首を横にふった。

「パパかみちるさんが、仕事休まなくちゃいけなくなるもん。だいじょうぶ」

「千歌ちゃん。ゆうべ、遅くまで部屋の電気がついてたみたいだけど……」

みちるさんが、ためらいがちに、言いかけたから。

「消し忘れたまま寝ちゃったの！　ごめんなさい！」

注意されたくなくて、とっさにうそをついて、頭をさげた。

ごめんなさい、みんな。

いつものように、渚くんが先に席を立つ。しばらく待ってから、あたしも家をでた。

ん、だけど。

「千歌」

呼び止められて、足をとめる。

渚くんが、門のそばであたしを待っていた。

「うそつき。みんなわかってるぞ？」

「なにを……」

「目、くまができてる。早く寝ろって言ったのに」

うそっ……！

あわてて顔を両手でおおう。

「毎日夜更かしして、なにやってんの？　まんが？」

「う、うん」

「しめきりでもあるわけ？」

あたしは首を横にふった。

「そういうわけじゃないけど……。先輩に」

けしかけられて、負けたくなくって。

と、言いかけたけど、それだとまるで、人のせいにしてるみたいだ。

そう思って、口をつぐんだ。

渚くんは、ふうっ、と、大きく息をついた。

「とにかく。みんな、千歌のこと、気にかけてる。これ以上、家族に心配、かけんなよ？」

なにも言えない。

渚くんは、そんなあたしをおいて、駆けていった。

渚くんの紺色のランドセルが、ゆれて小さくなるのを、あたしはじっと見ていた。

5. 運ばれて、大ピンチ！

1時間目と2時間目は、気合いで乗りきった。すっごく眠かったけど、がまんした。
夜、ほとんど眠れなかったこと。
朝ごはんを、ぜんぜん食べられなかったこと。
それがこんなにしんどいなんて、はじめて知った。
「千歌、顔色よくないよ。風邪じゃない？」
メグがあたしを気づかってくれるけど、だいじょうぶって、無理して笑うしかない。
今朝の渚くんの言葉が、頭の中によみがえる。
友だちにも家族にも心配かけて、あたし、ダメダメだなあ。しゃきっとしなくちゃ！
3時間目は、体育。
グラウンドで、走り幅跳び。身長順にならんで、つぎつぎに跳んでいく。
いやだなあ。ただでさえ苦手なのに、今日はとくにからだが重くて、だるい。

ピッ、と、ホイッスルが鳴る。渚くんの番だ。

クラスメイトみんなが、渚くんに視線をむけた。

たっ、たっ、たたたたっ。かろやかに助走をつけて、ぱんっ、とふみきる。

高い！　思いきり跳びあがった渚くんは、そのまま、クラスのだれよりも遠くへ着地した。

わあっと、歓声があがる。

せりなも、ほかの女の子も、ぽーっとして、目をうるませている。

渚くん、やっぱり、とびきりかがやいてるよ。

なんでもない顔して砂をはらっている、そのすがたでさえ。さまになっている……。

そろそろあたしの跳ぶ番だ。歩きだそうとした瞬間、頭がくらっとして、よろけてしまった。

だけど、なんとかふんばった。だいじょうぶ、これぐらい。

ふと、視線を感じた。渚くんだ。あたしのこと、けわしい顔つきで、じっと見てる。

がんばらなくちゃ。ぐっと、奥歯をかみしめた。

ホイッスルが鳴る。あたしの番。息を吸いこんで、思いっきり、足をふみだす。

ぐらり。

えっ？

視界がゆれる。まわる。すうっと血の気がひいて、足がもつれる。

そのままあたしは、地面に、ばたんと倒れこんでしまった。

まわりで、悲鳴みたいな声があがるけど、起きられない。きつい。目をあけられない。

「だいじょうぶか!?」

力強い声が……、聞こえる。

突然、ふわりと、からだが軽くなった。

なに？　かすかに目をあけると、
渚くん！

渚くんのゼッケンが、目の前にある。

どういうこと？

まさか。まさかあたし。いま、抱きかかえられてる？

うそでしょ！

「先生。おれ、こいつを保健室まで連れていきます」

そう言うやいなや、先生の返事も聞かずに、渚くんは走りだした。

「おい、待て、高坂！」

先生が追いかけてくる。

ひゅーっと、かん高い口笛が聞こえる。

男子たちのはやしたてる声、女子たちの悲鳴みたいな声も。

やばい、やばいよ。でも。

……倒れたあたしを、まっさきに、助けてくれたの？

「なぎさく……」

「いいから。なにもしゃべるな」

低い声で、さえぎられた。

頭がくらくらして、からだに力が入らない。だけど、心臓だけはずっと、どうしようもなくどきどきしてる。

渚くんのぬくもりが、近すぎて。

そのまま、保健室に運びこまれ、養護の先生に引きわたされて、あたしはベッドに横になった。

渚くんは、担任の先生といっしょに、グラウンドにもどっていった。

「鳴沢さん、気分はどう？」

養護の先生が、ベッドのそばにかがみこむ。

「もうすぐ、お母さんがむかえにこられるから、それまで休んでおいてね」

「お、お母さん？」

「ええ。仕事を早退して、すぐにきてくれるそうよ。高坂くんもたよりになるし、よかったわね」

先生たちは、あたしたちの家庭の事情を知っている。そのうえで、ほかの生徒には黙っていてくれているのだ。

「ごはん、食べてないんでしょ？　あんまり無理しちゃだめよ」

先生に、やさしくたしなめられる。渚くんに聞いたんだ……。

それにしても、みちるさんがきてくれるなんて。

うれしいけど……。だれかに見られたら、あやしまれないかな。

それからしばらく、あたしは眠った。そして、ぱたぱたぱた、と、あわただしいスリッパの音が近づいてきて、目が覚めた。

ガラッ！　と、保健室の扉があく。

「千歌ちゃんっ！」

み、みちるさん！

「もーっ！　倒れたって聞いたときは、びっくりして心臓止まるかと思っちゃった！　やっぱり今朝、無理させずに休ませればよかった〜！」

みちるさんは、ベッドの横にしゃがんで、あたしを、ぎゅっと抱きしめた。

「みちるさん……」

うれしい。駆けつけてきてくれて。そんなに心配してくれて。でも。

コホン、と、養護の先生がせきばらいをする。

「すみません、高坂さん。どの教室もいま授業中ですので、もう少し、おしずかに……」

「あっ！　申し訳ありません、私ったら」

みちるさんは立ちあがって、ぺこぺこと頭をさげた。

ランドセルは、メグが保健室に持ってきてくれていた。持ちあげようとすると、

「やだ、千歌ちゃん。だめよ、私が持つから。遠慮しないで！」

「で、でも」

みちるさんはあたしのランドセルをさっと抱えあげた。

「さあ、帰りましょ。お昼ごはん、なんでも好きなものつくってあげるね。あっ、食欲ないなおかゆのほうがいい？」

「う、うん。な、なんでも……」

やっぱり声が大きいよ……。

しずかな廊下に、みちるさんの声がひびきわたっている。

チャイムが鳴った。

やばい、授業終わった。生徒たちが、いっせいに教室からでてきちゃうよ！

あたしは早歩きでみちるさんを追いぬいた。

「ちょ、千歌ちゃん？　だめよそんなに無理したら！　待っててっ！」

お願いだから、そんなに大声ださないで〜！

休み時間になったとたん、まわりが一気にさわがしくなった。

校舎の外にでても、顔を見られないように、うつむいて駐車場まで歩く。外で遊んでいる人たちもいるし、気がぬけない。

みちるさんの車に、ささっと乗りこむ。

運転席に乗りこんだみちるさんは、助手席のあたしを見て、つぶやくように言った。

「千歌ちゃん。……その、私がこないほうが、よかった……？」

さっきまでとはうってかわって、なんだか、悲しそうな顔をしてる。

あたしがみちるさんを無視して、ひとりでさっさといこうとしたからだ。

だからみちるさん、あたしに嫌われてるのかも、って、思ってしまったんだ。

「ごめんなさい。その……、きてくれて、とてもうれしかったの。でも、渚くんときょうだいになったことをひみつにしてるから、ばれないかって、ハラハラしてたんだ」

正直に、話した。

「そっか」

みちるさんは、ほっとしたようにため息をつくと、車のエンジンをかけた。

「ひみつなんだ」

「うん」

渚くんがモテモテだからです。とは、言えなかったけど。

家に帰って、みちるさんのつくってくれたおかゆを食べて、部屋でぐっすりと眠りこけた。

目が覚めたら、部屋があわいオレンジ色に染まっている。もう夕方なんだ。

うーんと、のびをする。からだも軽いし、頭も、いままでずっともやがかかったみたいにぼーっとしてたのが、クリアになった。

部屋をでて1階へおりると、とんとんと、包丁の音が聞こえる。

みちるさんが、夕ごはんのしたくをしているんだ。

そして、リビングにいくと。渚くんがいた。

「あっ……」

抱きかかえて運んでもらったことを思いだして、かあっと顔が熱くなる。

どきどきして、渚くんの顔が見られない……！

「千歌。もう、具合はいいわけ？」

「う、うん」

助けてくれてありがとう。そう言おうとしたけど、胸のどきどきがじゃまして、うまく声がでない。

「ちゃんと寝ろって言ったのに。最近のおまえ、度を越してるよ」

渚くんの声、いつもより低い。怒ってるときの声だ。

あたしは、冷たい水をあびせられたみたいに、はっとした。

「まんがのことは、がんばってほしいって、おれだって思ってる。けど、倒れるまでやるとか、そういうの、おかしいだろ？」

なにも言いかえせない。

「あいつのせいか？」

「え？」

思いがけない言葉に、顔をあげる。

渚くんは、あたしから、ふっと、視線をはずした。

「あいつ。原口レン。あいつに、なんか、言われたんだろ？」

「い、言われたっていうか。その、あたしの描いたまんがにアドバイスを、してくれるって、それで」

しどろもどろになってしまう。

ひみつを守るかわりに交際して、とは言われたけど。ネームのことは、よく考えたら、むりやりってわけじゃなかった。

「あいつに、寝ずに描けって言われたわけ？　倒れるまで描け、って」

「そんなこと、言われてな……」

「おれたち家族より、あいつの言うことのほうが大事なんだろ？　千歌は」

あたしから目をそらしたまま、渚くんは、ひといきにそう言った。

ちょっと待って。どうしてそうなるの？

「ちがう。ちがうよ、渚く……」

「おれ、いまからチームの練習だから。悪いけど、もうでなきゃ間にあわない」

渚くんは、あたしの言葉をさえぎって、スポーツバッグを抱えた。

「千歌ちゃん」

みちるさんがエプロンで手をふきながら、リビングに顔をだした。

「いまから渚を送っていくね。もうすぐ悠斗が帰ってくるから、それまで、留守番よろしくね。ごはんできてるから、悠斗と先に食べててもいいわよ」

ぎこちなく、うなずく。

そうして、ふたりはでていった。

ドアのしまる音、そして、がちゃりと鍵のかかる音がひびく。

渚くん、あたしが無理したのは、先輩のせいだと思ってるんだ。

渚くんたちより、先輩の言うことのほうが大事だなんて、そんなこと、ぜったいにない。

誤解だよ。かんちがいだよ。

渚くん……。

きゅーっと、胸が痛くて。あたしは、その場にしゃがみこんだ。

6. めいわくかけて、嫌われた？

どんどん薄暗くなっていく、だれもいないリビング。あたしは、ずっとうずくまったまま。

今度は、ドアのひらく音がした。

「ただいま」

悠斗くんだ。あたしはあわてて立ちあがり、涙をふいた。

「あれ？　どうしたの千歌ちゃん。電気もつけずに」

ぱちんとスイッチが入り、部屋が明るくなる。

「具合、悪いの？」

「ど、どうして」

「パジャマだから」

「うん。ちょっと調子悪くて、早退したの。でも、もうだいじょうぶ。たんなる寝不足だったみたい」

あはは、と、笑ってみせた。

悠斗くんは、そんなあたしを見て、わずかにまゆをよせた。

「なにかあったの？　千歌ちゃん、無理して笑ってる」

「そんなこと……」

なんでばれるの？　あたしの笑顔、そんなにぎこちなかった……？

「相談してよ。妹が落ちこんでるの、ほっとけないよ。それとも、僕はそんなにたよりないかな？」

悠斗くんの、包みこむようなやさしい声に、目の奥が熱くなる。

ソファにならんで腰かけて、あたしは、いままでのことを、ゆっくりと話しはじめた。

原口先輩にふりまわされていること。

だけど、まんがをがんばりたい気持ちもあって、つい、無理して倒れてしまったこと。

助けてくれた渚くんが、すごく怒っていること。

「渚くん、あたしが無理したのは、先輩のせいだって思ってるみたい。家族より、先輩の言うことのほうが大事なんだろって、言ってた」

「それって、千歌ちゃんを好きな先輩、だよね」

「好きなわけじゃないもん。まんがのネタにしたいだけだもん」

「でも、渚は、そう思ってるんでしょ？　千歌ちゃんと先輩がいい感じだってかんちがいしてる」

こくりと、うなずいた。

多分、そう。なんだかんだで、渚くんには、まだ、本当のことを話せていないから。

「そっか」

悠斗くんは、くくくっ、と笑った。

「なにがおかしいの？」

「いや。渚のやつ、しょうがないなあと思って」

あたしは首をかしげた。悠斗くんのリアクションが、意味不明すぎる。

「あたし、嫌われちゃったのかな。どうしよう……」

考えてみれば、あたし、渚くんにたくさん迷惑をかけた。

今日だってきっと、あたしが早退したあと、杉村たちにさんざんからかわれたんだろうし。

こんな子がきょうだいになってしまって、きっとうんざりしてるよね。

「元気だして。渚は千歌ちゃんのこと、嫌ってなんかいないよ」

悠斗くんは、いっしょうけんめい、はげましてくれるけど……。

どうしてそんなに、はっきり言いきれるんだろう。しかも、ずっとにこにこしてるし。

「なにがおかしいの？」

「ごめんごめん。しかし、手のかかる弟と妹だよ、ほんとに」

みょうに悠斗くんがうれしそうなのが、引っかかるけど。

「とにかく、千歌ちゃんは、ちゃんと話さないとね、渚に」

「……うん」

たしかに、そうだ。悠斗くんの言う通りだ。

ごめんねって、謝ろう。ありがとうって、お礼を言おう。

そして、先輩とのことを、きちんと説明しよう。

「ありがとう悠斗くん。聞いてくれてすっきりした」

それに、自分がしなくちゃいけないことも、わかった気がするよ。

「僕にいま話したみたいに、渚にも話してみればいいんだよ」

そっか、そうだよね。悠斗くんに言えたんだから、渚くんにも言えるよね。

「だけど、今日のところは早く寝なよ？」

「はあい」

今日はたっぷり寝て、元気になって、明日の朝早起きして、渚くんと話そう。

そう、決めたものの。


つぎの日の朝、あたしが起きたときにはもう、渚くんは朝ごはんを食べ終えていた。

いつもよりずいぶん早い。

「おはよう……」

「はよ」

渚くんは立ちあがり、食器を片づけはじめた。あたしのほう、見てくれない。

「もう学校いくの？」

「ん。今日は、朝から委員会の仕事があるから」

「ほんとに？」

あたしと顔を合わせたくなくて、わざとこんなに早く家をでるんじゃないの？

「うそついてどうすんだよ」

じゃな、と、そっけなく言うと、渚くんはでていった。

悠斗くんは「嫌ってなんかいないよ」って言ってくれたけど。

やっぱり渚くん、あたしみたいなお荷物な子、いっしょにいたくないんじゃないのかなあ……。一度そう考えはじめたら、どんどん不安はふくらんで、灰色の雲みたいになって、胸をふさいでしまう。

とぼとぼと、ひとり、通学路を歩く。

この道を、渚くんと、ふざけあいながら帰ったこともあるのに。

渚くんがとなりで笑っていたら、それだけで、青い空も、けやきの葉も、ぜんぶ、ぜんぶ、まぶしくかがやいて見えた。

なのに、いまは……。

重いからだを引きずって教室に入ると、いっせいに、みんながあたしを見た。

ひそひそ。にやにや。ひそひそ。

あたしのことをちらちら見て、こそこそ、なにか話してる。

渚くんに保健室に運んでもらって、注目を集めてしまったからだ。

渚くんをさがす。自分の席にも、どこにもいない。委員会活動があるって、ほんとだったんだ。

うたがってしまった自分が、いやになる。

「鳴沢さん」

ランドセルをロッカーに片づけて、自分の席にもどったタイミングで。

あたしの前に、すっと、腕組みしたせりなが、立ちはだかった。

「ちょっと、いい？」

うむを言わせない、強いオーラに、あたしはただ、うなずくしかなかった。

ひと気のない非常階段のそばに、連れだされる。

「あのさあ鳴沢さん。昨日のあれ、仮病でしょ？」

せりなはいきなり、そう言った。

「え？」

「わざと倒れて、渚くんの気をひいたんでしょ？　ほんっと、ずるいよね」

自分の長い髪を、人差し指にくるくる巻きつけながら、ぎろりとあたしをにらむ。

「そ、そんな……」

「そもそもあなたみたいな人が、６年生のイケメンに告白されるなんて、ありえないのに。なのに調子にのって、渚くんにまで」

「ち、ちがうし」

「なーんか、ウラがありそうなのよね」

せりながつぶやいて、あたしは、ぎくっと肩をふるわせた。

「と・に・か・く、身のほどをわきまえてよね？」

あたしに氷のような視線を送ると、せりなは、さっときびすをかえした。

なんでせりなに、そんなこと言われなきゃいけないの？

いつも、いっつも。あたしが渚くんにつりあわない、たいしてかわいくもない子だからって。

だけど、なにも言いかえせなかった自分が、いちばん、嫌い。

あたしだって、渚くんのことが好きなのに。

強く責められると、こわくて、ちぢこまってしまう。

こみあげそうになった涙を、なんとか押しこめて、教室にもどる。

渚くんも教室にもどってきていた。まっさきに、視界にとびこんできたの。

教室のうしろのほうで、杉村にからまれている渚くんのすがたが。

「うるせーって。いつまでも、ガキくさいことばっか言ってんなよな」

渚くんが、うっとうしそうに杉村をはねつけている。なにを言われたんだろう。

ごめんね。あたしが自己管理できずに、倒れたばっかりに。

と、杉村が、渚くんに、こっそりなにかを耳打ちした。

「……は？」

渚くんは、その大きな瞳を、見開いた。

ふふんと、杉村は小鼻をふくらませている。なに？　あの、勝ちほこったような顔。

「ショックですねー、渚くんっ」

「ばっ……。ショックなわけねーだろ？　関係ねーし」

渚くん、なんだか、動揺してる。

っていうか、怒ってる……？

杉村は、いったい、なにを言ったの？

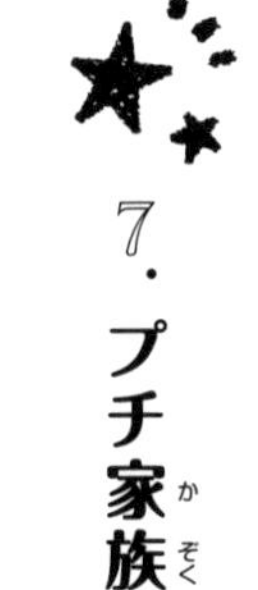

7．プチ家族旅行

学校が終わって、家に帰っても、渚くんには会えないまま。

渚くん、帰宅して、すぐにどこかにでていったみたい。

同じ家に住んでるのに。どうして、会いたいときに会えないの？

話したいことを、話せないの？


やっぱり、さけられてる……のかな。

ため息をついて、ランドセルから宿題プリントを取りだした。今日はたくさん宿題がでた。

2階にあがるの、めんどくさいし、ダイニングテーブルですませてしまおう。

そう思って筆記用具を広げたけど、渚くんのことを考えてしまって、集中できない。

そのままつっぷして、うとうと、うとうと。

がちゃりと、ドアのひらく音がして目をあける。

あたりはオレンジ色に染まっている。もう、そんな時間なんだ……。

「千歌、また寝てたのか。こんなとこで」

「渚くんっ……」

あわててからだを起こす。渚くんの顔を見たとたん、心臓がどきどきと鳴った。

「ゆうべも寝てないの？」

ぶんぶんと、首を横にふる。

どうしよう。どきどきがうるさすぎて、渚くんの顔を見れないよ。

渚くんも、なにも言わない。

どうしてこんなにぎくしゃくしてるの、あたしたち。

渚くんは、無言でリビングにいくと、テレビのスイッチを入れた。

とたんに、わははっ、と、お笑いタレントたちのわざとらしい笑い声がわきおこる。

渚くんはソファに座ってテレビを観ているけど、ぜんぜん笑っていない。

「渚くん。まだ、怒ってる……？」

「べつに怒ってなんか」

「お、怒ってるじゃん。たしかにあたし、たくさん迷惑かけちゃったけど、でも」

「迷惑だなんて思ってねーよ」

「じゃあ、どうしてあたしをさけるの？」

「さけてねーし」

「なんで千歌が逆切れしてんだよ？」

「逆切れなんか……」

言いかえそうとしたところで、「ただいまー」と、のびやかな声がひびいて、あたしはぐっと言葉をのみこんだ。

足音が近づいてくる。悠斗くんが帰ってきたんだ。

悠斗くんは、リビングでにらみあっているあたしたちを交互に見やって、やれやれ、と苦笑した。

渚くんは、長いため息をつくと、悠斗くんと入れ替わるように、リビングをでていった。

階段をだだっと駆けあがる渚くんの足音。あたし、泣きたいよ。

みちるさんには素直に謝れたし、悠斗くんには、きちんと自分の状況を説明できた。

なのにどうして、あたし、渚くんには、あんな言いかたしかできないの？

心配かけたことを謝りたかった。助けてくれたお礼を言いたかった。

なのにあたし、まさかの逆切れって……。

悠斗くんは、そんなあたしの背中を、ぽんっ、とたたいた。

「がんばれ」

にっこりと、笑う。

ありがとう、悠斗くん。でも、あのときより、ますますこじれちゃった気がするよ。

悠斗くんに教えてもらって、宿題の残りを片づけていたら、みちるさんが帰ってきた。

キッチンで、夕ごはんのしたくのおてつだいをする。

ごはんはいつも、パパかみちるさん、どちらか先に帰ってきたほうがつくる。

パパとみちるさんは、けんかすること、ないのかな……。

「千歌ちゃん、元気ないね」

じゃがいもの皮をむきながら、みちるさんはつぶやいた。

サラダのレタスをちぎっていたあたしは、ぎくっ、となる。

「いいこと教えてあげる。今度の週末ね、パパが、みんなでおでかけしようって」

みちるさんがほほえんだ。

「みんなで？」

「そう。せっかく家族になったのに、旅行とか、遠出とか、そういう楽しいこと、ぜんぜんしてないじゃない。パパってば、とっくに宿も予約してるんだよ」

ふふふふっ、と、みちるさんは笑う。

宿もとってるってことは、お泊まり……だよね。


パパが帰ってきて、みんなで食卓をかこみながら、さっそくプチ旅行の話。

「秋だし、みんなで山に紅葉でも見にいこう。千歌、どうだ？　どんぐりもひろえるぞ？　なつかしいな。小さいころ、たっくさんひろっただろう」

「あたし、もう、小さくないもん」

パパは、ははっ、と笑った。

「つい、思いだしてな。きれいな落ち葉を集めたり、松ぼっくりをひろったりするの、千歌、好きだったなあって」

はずかしいよ、そんな昔の話。渚くんも聞いてるのに。

渚くんは、あたしのとなりで、もくもくとごはんを食べてる。

あたしといっしょにプチ旅行だなんて、いやなんじゃないかな。

「いいじゃない、どんぐり！」

いきなり悠斗くんが大きい声をだして、びっくりして、みんないっせいに悠斗くんを見た。

「渚も好きだったしな？　昔、ビニール袋いっぱいに集めたじゃないか！」

「に、兄ちゃん。急に、どうしたんだよ。ていうかそれ、いつの話……」

「いこう！　みんなでプチ旅行。紅葉、みんなで見たいなあ。ねっ、鳴沢さん」

「悠斗くん！　きみがこんなに喜んでくれるなんて、ぼくはうれしい！」

パパは感激のあまり立ちあがってしまった。

悠斗くんがこんなにテンション高いの、はじめて見た。いったいどうしたの？

「決まりだねっ！」

みちるさんが、にっと笑ってピースサイン。

渚くんは、しぶしぶって感じで、うなずいた。

悠斗くんが、あたしに、にっこりと笑いかけている。

ひょっとして、悠斗くん。

あたしのために……？

プチ旅行を、仲直りのきっかけにしてほしいって、思ってくれてるんだ。

ありがとう。あたし、がんばるね。


そして、土曜日がやってきた。

朝早くから、パパとみちるさんは、いっしょにお弁当をつくっていた。自分の親ながら、ほんとに仲いいなあ。

「千歌、今日はくねくねした山道をいくから、いちおう、酔い止めを飲んでおきなさい」

パパに言われて、「はあい」と答える。

そんなに酔いやすいってわけじゃないんだけど、低学年のとき、一度、ひどく気持ち悪くなったことがあって。それ以来、車で遠出するときは、決まって、酔い止めをすすめてくれるんだ。

みんなで車に荷物を積みこみ、いざ出発。

パパが運転して、みちるさんが助手席。あたしは、ミニバンの、2列になった後部座席の、うしろのほうのシートに座った。

きっと、渚くんと悠斗くんがとなり同士に座るだろうな、と思っていたら。

悠斗くんが、「渚はこっち」と、渚くんをあたしのとなりに押しこめた！

「僕は前に乗るね！」

と、にっこり。ゆ、悠斗くん〜！

「よし！　いざ出発だ！」

パパがこぶしをつきあげ、みちるさんが「おー！」とかけ声をあげる。

ふたりとも、すごくごきげん……。

車は進む。街中を通りぬけ、どんどん郊外へ。

だんだん民家もまばらになり、まわりの景色は畑や田んぼばかりになった。

渚くんが、窓を少しあけた。

すずしい風が吹きこんでくる。田んぼの稲は黄金色にみのって、ゆれている。

「千歌ちゃん、渚。お菓子食べる？」

前の席から、悠斗くんがスナック菓子をわたしてくれた。

「1個しかないから、ちゃんと、ふたりでわけて食べるんだよ」

「ひとりじめとか、ガキくさいことするかよ」

渚くんが、ぶーぶー言いながら袋をあける。

「ほら」

あたしに、袋を差しだした。

「あ。ありがと……」

スナックを、ひとつ、つまむ。

もごもごと、食べる。

渚くんも、無言で食べている。

なにをしゃべっていいかわかんないよ。あたし、意識しすぎなのかなあ？

ため息をついて、窓の外に目をやった。

車はゆるやかな坂道をのぼりはじめた。だんだん、木々がふえていく。

坂道は、どんどん急になっていく。

パパの話だと、そうとう山奥にいくみたい。

道はせまいし、カーブは急だし。スピードはそんなにでていないし、シートベルトだってしているのに、車がまがるたびにからだがぐらぐら倒れる。

大きなカーブに差しかかった。

「きゃあっ」

ぐらっとからだがゆれる。あたしは渚くんのほうに倒れかかってしまった。

とすん、と、頭が渚くんの二の腕にぶつかる。

「ご、ごめんっ」

思いっきり、よりかかっちゃったよ！

「いいけど。おまえ、その、気分はだいじょうぶなわけ？」

「え？」

「酔い止め飲んでたし。ゆれるの、苦手なんだろ？　気持ち悪くなったりとか、その」

「あ。えと。だいじょうぶ」

気にかけてくれてたんだ。

「薬がきいてるみたいだし、渚くんに迷惑はかけないよ」

「め、迷惑とか。おれはべつに、そういうことを言ってるんじゃなくて」

ふたりして、もごもご言いあっていると、

「ごめんな、もう少しで着くからな？」

と、パパが言った。

その言葉通り、ほどなくして、目的地の自然公園に着いた。

色づいたいちょうや楓、くぬぎの木の林にかこまれた広場。ベンチやあずまやがあちこちにあるけど、遊具などはない。林の中には小道があって、散歩できるみたい。

「わあっ……。空気がひんやりしてる」

街の中とはぜんぜんちがう。

澄んだ空気を思いっきり吸いこむと、胸の中がきれいに洗われるよう。

少し寒くて、持ってきたパーカをはおった。渚くんも、厚手のパーカをはおっている。

「先に、お弁当食べよっか」

みちるさんが笑った。

落ち葉が舞い散る広場のまんなかに、大きなレジャーシートを広げる。

いちょうは黄色く色づいて、楓の木は、燃えるように真っ赤に染まってる。

そこここに、家族連れがいて、あたしたちみたいにお弁当を食べたり、散歩をしたり。

おにぎりやからあげをつまみながら、なんとなくながめた。

「わあ、かわいい」

四つか五つぐらいかな？　小さな男の子が、いちょうの葉っぱを集めている。

「パパ〜」

たたっと駆けていって、パパに、きれいな葉っぱを見せた。

男の子のパパは、にかっと笑うと、男の子の頭をぐりぐりと撫でる。

そして、男の子を肩車した。男の子は、うれしそうに声をあげている。

幸せそう。なんだかほっこりしちゃう。

……あ。渚くん。

渚くんも、あの親子を見ている。おはしを手に持ったまま、ぼんやりと。

「渚。渚」

悠斗くんに呼ばれて、渚くんははっとわれにかえった。

若いお父さんと、はしゃいでいる男の子。

渚くん、もしかして……。亡くなった、本当のお父さんのことを、思いだしたのかな。

そんなことを考えていると、

「遊歩道の先に、谷があって、大つり橋がかかってるんだぞ、ここ」

パパが得意げに言った。

「絶景らしいぞ？　橋をわたって山の中を進んでいくと、大きな滝もあるらしい」

「ほんと？　すてき～」

みちるさんが目をかがやかせている。のん気だなあ、ほんと、このふたり。

でも、そういうとこ、好きだけど。

「みんなでいってみようよ」

悠斗くんがほほえんだ。

大つり橋、か。

高いよね？　ゆれるよね？　……つり橋、だもんね……。

ごくりと、つばを飲みこんだ。みんないくなら、いくしかない。よね……？

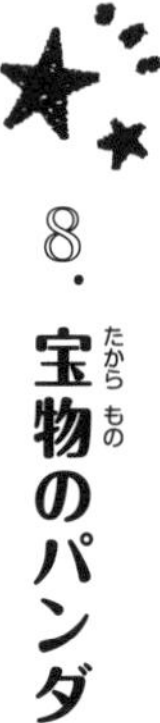

8・宝物のパンダ

息をのんだ。

想像以上に、高いんですけど。天空にかかった橋、って感じ。

大つり橋は、おとながふたり通れるぐらいの幅。太いワイヤーで吊られていて、わりとしっかりしてるように見えるし、実際、たくさんの人がわたっているけど……。

なんだか、ぐらぐらゆれているように見えるのは、気のせい？

「あれ？　どうした？　あ、そういえば千歌は、高いところが苦手だったなあ」

パパが、しまった、という顔をした。

そうです。苦手なんです。

「ごめんな。こわいよな。パパと、ここで待っていようか」

「ううん、ひとりで待ってるからいい。パパはみんなといってきてよ」

「でも」

「鳴沢さん」

悠斗くんがパパに声をかけた。

「渚が、千歌ちゃんといっしょにわたるって」

えっ。えっ。ええええっ！

「ちょ、兄ちゃん」

渚くんも、困惑してる。今日の悠斗くん、強引すぎない？

「鳴沢さんは、僕といきませんか？　いっぱい紅葉の写真を撮りましょうよ」

悠斗くんがパパに笑いかける。

「えっ、ぼくと？」

パパは、ぱあっと顔をかがやかせた。悠斗くんにさそわれるなんてめったにないから、すごくうれしそう……。

そういうわけで、あたしと渚くんは、ふたり、取り残されてしまった。

「千歌」

「は、はいいっ」

「どうすんの。わたるの？」

「……わたる」

あたしのために、渚くんがつり橋をわたれないなんて、いやだし。

もうこれ以上、足をひっぱりたくないよ。

「じゃ、ゆっくり進むぞ」

うう……。どうしても腰が引けるけど、手すりにつかまって、おそるおそる1歩をふみだした。

そろり、そろりと進む。

なるべく下を見ないように。下だけじゃない、まわりもなるべく見ないようにしなきゃ。

でも、足がすうすうするよ！　浮いてる感はごまかせないよ！

風が吹いた。

ゆらり。

「…………っ！」

ゆれた！　ゆれたよ！

パニックになって、手すりにしがみつく。その拍子に、橋の下を見てしまった！

色づいた木々たちの、はるか下に、細く谷川が流れている……。

一気に血の気がひいた。めまいがして、思わず、その場にへたりこむ。

「千歌」

渚くんがあたしに、手を差しだした。

「おまえって、ほんとに、苦手なものが多いんだな」

「…………」

「おばけと、ゴキブリと、雷だっけ。それから、高いところも？」

渚くんは、笑いをこらえている。

「……わ、悪かったね」

渚くん、怒ったり、あきれたりしてるわけじゃないみたい。

「いこうぜ？　こんなとこで座ってると、ほかの通行人のじゃまになる」

ためらいながらも、差しだされた手に、思いきって自分の手をかさねた。

ゆっくりと立ちあがる。

手、つないじゃった。渚くんの手、あたしより大きくてあったかい。

どきどき、どきどき……。

だけど、あたしの手は、冷や汗でべとべと。

はずかしくなって、すぐに自分から離した。

「千歌。景色すげーきれいだぞ？　ゆっくりながめないと、もったいなくね？」

「そ、そんな余裕はありません……」

また、強い風が吹いて、橋がぐらりとゆれた。

「ムリ！　ムリムリムリ！」

半泣きだよ、あたし。

「あーもう。さっさといくぞ？　おれにつかまっていいから」

「つかまるって、ど、どこに？」

「ど。どこでも。……いいけど」

「じゃ、じゃあ……」

そっと、渚くんのパーカのすそをつかんだ。

渚くんは、ゆっくりと歩を進める。ぎゅっとパーカをにぎりしめて、ついていく。

目の前にある、渚くんの背中。

「おまえ、なんでそんなにこわがりなんだよ？」

「いろいろ、考えちゃうんだ。つり橋のワイヤーが切れたらどうしようとか、ここから落ちたらどうなるだろう、とか……」

そんなことを言っていると、また恐怖がぶりかえしてきた。

「ふーん。ムダに想像力が豊かなんだな」

「む、ムダって」

「なーんにも、考えるなよ。よけいなこと考えずに、前に進むコト」

「な、なによ。えらそうに」

お兄ちゃんぶっちゃってさ。

でも……。渚くんがいるから。さっきまでより、こわくない。

そしてあたしたちは、ついに、大つり橋をわたりきった！


案内板にしたがって、森の中の遊歩道を進んでいると、お弁当タイムに見かけた親子がいた。

若いパパは、男の子の手をひいて、ゆっくり歩いている。

「渚くん。さっきも、あの子たちのこと、見てたよね？」

そっと問いかけると、渚くんはうなずいた。

「ちょっと、父さんに似てた気がして。でも、近くで見ると、ぜんぜんちがうな」

「そっか」

渚くんには、亡くなったお父さんの思い出、ちゃんとあるんだもんね。

あたしには、ないけど。小さいころにでていった、ママの記憶。

「あの、ね」

渚くんの背中に、語りかける。

「あたし、いまは、さびしくない。ふつうじゃないかもしれないけど、ちょっとちぐはぐかもしれないけど、大切な家族がいるから。……渚くんも」

渚くんも、だよ。好きになっちゃったから、お兄ちゃんだなんて、ぜったいに思えないけど。

大事だよ。渚くんが、さびしい思いをしてたら、ずっとそばにいて、話を聞いてあげたい。

渚くんは、あたしのほうをふりむいて、目を見開いた。

そして、ふっと、やわらかい笑顔になった。

「そうだな。おれも、いまではけっこう、気に入ってる……、かも。この暮らし」

そっか。それなら、……よかった。

そして、滝を見て。帰りもわあわあさわぎながらつり橋をわたり、広場にもどった。

何枚も、みんなで、写真を撮った。

いちょうの木の下で、渚くんとふざけあってたら。

「おーい。ふたりとも、こっちむいて！」

ぱしゃっと、シャッターを切られた。

カメラをかまえた悠斗くんが、いたずらっぽく笑ってる。

「すごくいい写真が撮れた」

「もうっ！　悠斗くん、いきなりはやめてよ。あたしぜったい、まぬけな顔してる」

「だいじょうぶ、千歌ちゃんはかわいいから」

けっ、と、渚くんが言うのが聞こえて、ぎろりとにらんだ。

「千歌はもともとまぬけ顔なんだし、とりつくろったところで、ムダ、ムダ」

「なんなのその言いかた！」

むきーっ！　と目をつりあげると、悠斗くんが、「まあまあ」と苦笑い。

いつもの渚くんが、もどってきた。

ありがとう、悠斗くん。

夕焼けが山を照らすころ、車に乗りこみ、今夜の宿へむかった。

山を少しおりたところにある、知る人ぞ知る、温泉宿らしい。

「美人の湯って評判なんだって、千歌ちゃん。お肌も髪も、つるつるすべすべになるんですって！」

みちるさんがはしゃいでいる。

あたしは、思わず自分のほっぺをさわった。すべすべに……。

渚くんは、大きなあくびをしている。だよね。温泉とか、べつに興味ないよね。

着いた旅館は、思ったより大きくて、りっぱ！　ザ・老舗って感じ！

そばに、きれいな川が流れている。ここでとれたお魚を食べられるのかな。

そんなことを考えていると、ぐうう、と、おなかが鳴った。

「だっせ、千歌」

やばっ！　渚くんに聞かれてた！　うう、はずかしいよう……。

2階にある部屋へ通され、荷物をおいて。

みんなでおいしい食事をいただき、いざ、温泉へ。

みちるさんとふたりで、ゆっくりお湯につかって、気持ちよかったな……。

みちるさんとも前より仲よくなれた気がするし、旅行にきて、よかったな。

それに、ほんとにお肌がぴかぴかになった気がする……。こんなあたしでも、温泉パワーで、ちょっとでもきれいになれてたらいいな、なーんて。

湯あがりに、旅館のゆかたを着て、はんてんをはおった。

それから、メグにおみやげでも買おうかと、バッグを持って、1階の売店をぶらぶら。

「なんか、レトロなおみやげが多いな……」

木でできたおもちゃとか、古くさいキャラ絵のついた文房具とか。

あんまり、かわいいの、ない。もう、部屋にもどろうかな。そう思ってると、

「お、ガチャガチャ発見」

渚くんの声がした。お店の奥で、あたしを手招きしてる。

渚くんも、ゆかたにはんてん。髪は、ざーっとかわかしただけみたい。ちょっとぬれてる。

「千歌、見ろよ。これ、おまえの好きなぶさいくパンダじゃね？」

ほんとだ。まゆげパンダだ！

ガチャガチャの中には、まゆげパンダのマスコットがたくさん。でも。

「ぶさいくじゃありません。ブサかわです！」

そこは主張しておきたい。

「ぶさいくとブサかわって、どうちがうわけ？」

渚くんは首をひねっているけど。

「ほしい……」

思わず、あたしは、つぶやいていた。

こんなへんぴなところにあるんだもん、すごいレアなグッズがあるかも。

バッグからおさいふを取りだす。

「……120円しかない」

メグにおみやげを買うどころじゃなかった。今月も、まんがに使ってしまったんだった。

ガチャガチャは、一回200円。むりだ……。

「おれも金欠なんだよな」

と、ぼやきながら、渚くんも、自分のさいふをひらいた。

「100円、発見！」

にかっと、笑う。

「できるじゃん」

渚くんは、硬貨をふたつ、ちゃらん、ちゃらん、と入れた。

レバーをひねって、がしゃん！

「ほら」

渚くんは、カプセルを、ぽんっ、と、あたしに投げてよこした。

あけると、さがりまゆの、なさけなーい顔したパンダが、お魚を抱えてるキーホルダーだった。

「ぶはっ！　なんでパンダなのに魚とか持ってんだよ！　笹だろフツー」

渚くんは、「だっせー」って、げらげら笑ってるけど。

このキーホルダーは、宝物……。

そっと手のひらで包んで、そして。

バッグに、キーホルダーをつけた。

「おまえ、ソッコーでつけんのかよ、そ

れ」

「い、いいじゃん」

「いいけどさー。変わったシュミしてんなー、つくづく」

「悪かったね！」

だって、ただのパンダじゃないもん。渚くんがとってくれたパンダだもん。

それに。バッグにつけていたら、どこにいても、今日の日に渚くんと笑いあったことを思いだせる。

あたし。今夜こそは、素直になれる気がするよ。

「あのね、渚くん」

渚くんの目を、まっすぐに、見つめた。

「話したいことが、あるんだ」

9. 妹以上に、なれないの？

旅館をでて、川のそばをふたりで歩いた。

もう夜だし、あんまり遅いと心配かけちゃうし。湯冷めしてもいけないから、早く話さなきゃ。

でも……。どきどきする。

山の中の、深くてしずかな夜に、水の流れる音だけがひびいている。

夜空には、数えきれないほどたくさんの星たちが、きらきらまたたいている。

川にかかった石橋を歩く。渚くんは、ふいに立ち止まると、手すりにもたれかかった。

「で。なに？　話って」

「……あのね」

すうっと、息を吸いこむ。

「ごめんなさい！」

ぺこんと、頭をさげた。

「ずっと、謝りたかったんだ。倒れて、渚くんに迷惑をかけた。たくさん、みんなにひやかされて、いやな思いしたよね？」

「……迷惑とか、思ってない。本当に。ただ」

渚くんは、少しだけ、うつむいた。

ただ、なに？

「すげー心配してた、おれ。おまえ、ここんとこ、学校でもぼーっとしてたし。ふらふらして転びそうになってたし」

「……うん」

そのたびに、「だいじょうぶか」って、言ってくれてた。

たくさん、心配してくれてたんだ。……うれしいのと同時に、申し訳なくなる。

渚くんはつづけた。

「倒れたときは、まじでびっくりした。それで、おれ。つい、あんな」

抱えあげて、保健室に運んでくれた。思いだすと、胸の中がかあっと熱くなる。

渚くんは、きまり悪そうに目をふせた。

「そんで。あいつ。6年のまんが家。あいつが千歌に無理させてんだと思ったら、腹が立って」

「それはちがうの。先輩が、あたしのまんがにアドバイスをするって言ってくれたのは、たしかだけど。でもね、寝ずにやれとまでは……」

明日までに、とか、わりと無茶ぶりはされたけど。

「あたしが勝手に、夢中になって時間を忘れちゃっただけなんだ」

「そうか」

と、渚くんは、ため息まじりにつぶやいた。

「彼氏だもんな。おまえに、からだこわすまで無理しろとか、言うわけないか」

渚くんはそう言って、川のせせらぎに視線を落とした。

待って。彼氏、って……だれのこと？

「あの。なにか、かんちがいしてる？」

「原口レン。彼氏なんだろ？　杉村が言ってた。確定だって」

「えっ……」

教室で、杉村がにやにやしながら渚くんになにか耳打ちしていたのを思いだした。

もしかして、このことを言っていたの？

「渚くん、杉村の言うこと、信じるの？」

「杉村っていうか。いろんなやつが見たって。おまえと原口レンが、学校帰りに、ふたりきりで公園で話しこんでたって。仲よさそうだった、ってよ」

あたしと先輩が、公園？　いつ？

……って。あーっ！　ネームを見せてくれたら解放してあげる、って言われたときだ！

あれ、人に見られてたんだ！

もしかして、学校のみんな、あたしたちがつきあってるって誤解してるの？

「千歌、やるじゃん」

渚くんは、いきなり、ひときわ明るい声をだした。

「あんな有名人が彼氏とか。おれ、そういう、レンアイ？　みたいなの、よくわかんねーけど。やっぱ、まんがつながり？」

ひといきに、言いはなった。

「ださいカッコして嫌われないように注意しろよ？　せっかくのイケメン彼氏なんだし」

ははっ、と笑う渚くん。

どうして？　どうしてそんなに、明るく笑うことができるの？

「……渚くんは、いいの？　あたしに、彼氏ができても」

先輩は彼氏なんかじゃないって、すぐに否定すればよかったのに。

なのに、渚くんが、あまりにも無邪気に笑うから。だからあたしは、つい、ためすようなことを言ってしまった。

渚くんが、あたしのことを、どう思ってるのか。少しは、女の子として、見てくれているのか。知りたくなってしまった。

さらりと、風が吹く。川をわたってくる、つめたい風。

渚くんの黒髪が、なびく。

「……あたり前じゃん」

渚くんが沈黙をやぶった。

「おれ、いちおう兄貴なわけだし。妹が幸せになればいいって、思ってるよ。これでも」

渚くんは、しずかにそう言った。川の流れを、見つめながら。

あたしが、ほかの男の子とつきあっても。笑って、応援できるんだ。

妹だから。

それ以上でも、以下でもない。

「そう……、だよね」

胸が苦しくて。痛くて。

あたしは、それだけ答えるので、せいいっぱいだった。

本当は、泣きたかった。ひとり、うずくまって、わんわん泣きたかった。

だけどあたしは、宿にもどってからも、家族みんなの前で、笑ってすごした。


苦しい夜が明けても。

プチ家族旅行が終わっても。

いつもの日常に、もどっても。

渚くんの顔を見るたびに、苦しくて。息もできない。

あたしのことを、あんなに、怒るぐらい心配してくれて。大事に思ってくれているのがわかって、すごくうれしかった。

なのにあたしは、よくばりだ。

――ほかの男子とつきあわないで、おれといっしょにいてほしい。

あのとき、そんなふうに、言ってほしかった。

ひょっとして……って、かすかに期待してたのかも。

ばかだな。あたしなんて、パパとみちるさんが再婚しなければ、渚くんとはきっと、しゃべることすらなかった。それぐらい、クラスの中での立ち位置が、ちがいすぎる。

ため息ばかりで、食欲もない。まんがを描く気にもなれない。

悠斗くんは自分の部屋で勉強しているし、パパは飲み会で遅くなるらしい。

渚くんはサッカーのクラブチームの練習にいっているし、みちるさんは、そのおむかえにいった。

だからあたしはいま、ひとり。

なにもやる気になれなくて、お風呂あがりに、ひとりソファに座って、ぼうっと、録画していたアニメを観ている。

あたしの好きな少女まんがが原作で、毎週楽しみにしているアニメ。放送時間が深夜だから、録画で観てるんだけど。

なんでだろう。ぜんぜん、内容が頭に入ってこない。

あまいメロディが流れだす。ヒロインが、片思いしている男の子に、抱きしめられている。

このシーン、原作まんがで読んだな。すごくあこがれたっけ。

まだ、渚くんといっしょに暮らしはじめる前だった。

あのころは、自分もだれかに恋をするなんて、思ってなかったよ。

恋をすると、こんなに胸が痛いなんて、知らなかったよ。

ドアのひらく音がした。

渚くんが、帰ってきた。

「ただいまー。千歌、テレビ観てんの？」

はつらつとした声。練習あがりの、ジャージすがたでリビングに入ってくると、どさっと、ソファの横にスポーツバッグをほうった。

「こらっ！　渚！　ちゃんと水筒だして、タオルも脱衣かごに入れなさい！」

みちるさんがどなる。

「へいへーい」

「へいへいじゃない！　たくさん汗かいてるんだから、さっさと風呂に入る！　いいね？」

「こっわ」

「渚！」

いつものあたしなら、くすくす笑ってしまう、渚くんとみちるさんのやりとり。

なのにいまは、渚くんの声を聞くのも、笑顔を見るのも、つらい。

「あ。あたし、もう寝るね？」
テレビを消して、立ちあがった。
だだだっと、階段をのぼる。
ばたん！
自分の部屋のドアをしめて、そのまま、もたれかかった。
ずるずると、しゃがみこむ。
あたし。失恋……、したんだよね。
認めるのがこわかったけど。でも、そういうことだよね。
しょせん、あたしは妹止まり。女の子としては見てくれない。
なのに、渚くんはだれよりもそばにいる。ひとつ屋根の下で、いっしょに生活してる。
……きついよ。
渚くんを、好きになんて、なるんじゃなかった。

10・先輩に、気づかれた。

学校でも、あたしはぬけがら。

クラスまで同じなんだもん、いやでも渚くんのすがたが目に入るし。声も、……聞こえるし。

おまけに、みんな、あたしと原口先輩がつきあってる、なんて思いこんでるみたいだし。

学校、ずーっと休んでいたいぐらい。

帰りの会の時間。

先生の連絡を聞きながら、メモもとらずに、ただなんとなく、えんぴつを動かしている。

気づいたらあたしは、渚くんの似顔絵を、たくさん描いていた。

ばーか、って、あたしに不敵な笑みをみせる渚くん。

サッカーボールを追いかけているときの、勝負に燃える渚くん。

あたしの描いたまんがを読んで、「すげーな」って、目をかがやかせた渚くん。

亡くなったお父さんを思いだしていたときの、どこかさびしげな顔。

千歌！　って、あたしを呼ぶ声。まっすぐな笑顔。

でも、渚くんにとって、あたしはただの妹……。

せつなくて。せつなくて。ため息ばかりがこぼれる。

帰りの会が終わって、さようならのあいさつ。

やっと、学校が終わった。

ノートの上に、ぐったりとふせていたら、つんつん、と、背中をつつかれた。

だれ？　メグ……？

「だいじょうぶ？　具合悪い？　送っていこうか」

この、声。原口先輩！

きょ、教室の中に入ってくるなんて！

がばっと起きて見まわすと、クラスメイトたちが、こっちを見てひそひそ耳打ちしあってる。

渚くんも……、あたしたちを見てる。

彼氏だもんな、という言葉を思いだして、ずきんと胸がうずく。

「鳴沢。それ、新しいネーム？」

先輩があたしの机の上をのぞきこんだ。

やばい！　見られる！

あわててノートをとじる。けど、ひょいっと、奪われてしまった。

「これって……、高坂渚くん」

先輩が、小さく、つぶやいた。

気づかれた？　気づかれたよね？　あたしの気持ち。

「か、かえしてください」

あたしの声、かすれてる。

「……ごめんな、勝手に見ちゃって」

意外とあっさりと、先輩は謝ってくれた。

そして、ノートを、宝物をあつかうみたいに、そっと机においた。

思わず顔をあげて、はっとする。

先輩、どうしてそんなに、せつなげな顔をしているの？

「いい絵だよ、それ」

ぽつりとそれだけ言うと、先輩は、押し黙ってしまった。

沈黙が、重いよ。

すると。

「千歌っ！」

メグのはずんだ声。

かけよってきたメグは、先輩に気づいて、にいっと笑った。

あたしの耳もとで、こそっとささやく。

「千歌ってば、そういうコト？　じゃ、おじゃま虫はさっさと退散しますね～」

メグは、うしし、と笑うと、自分の荷物を持って、教室からでていってしまった。

ちょ。ちょっと、メグ？

「じゃあ、帰ろうか。鳴沢」

先輩が、細身のパンツのポッケに片手を入れて、にっ、とほほえんだ。

先輩、いつもの感じに、もどってる。

「……どうして先輩といっしょに帰らなくちゃいけないんですか」

このあいだだって、そのせいでみんなに誤解されてしまったわけだし。

「きみのまんがが進んでいるか、気になって」

「まんがは、進んでいません」

「そうか。それはいけないいな。相談があれば、乗るけど」

いけない。まんがの話になると、先輩のペースにのせられてしまう。こうなったら。

「さ、さよならっ！」

あたしは先輩をふりきって、ダッシュで教室をでた。

一気に階段をおり、くつをはきかえていたら、追いつかれてしまった。

「きみ、足遅いね」

うう……。スポーツ万能の渚くんにならともかく、文化系っぽい先輩にまでばかにされた。

「あ、あのっ」

あたしは先輩をにらみつけた。

「先輩は、いったい、どういうつもりなんですか？　つきあいたいって言ってたわりには、まんがの話ばかりだし。たんに、まんがのコーチをしたいだけなんじゃないんですか？」

「へえ？　それって、もっと恋人っぽい会話がしたいって意味？」

「ち、ちがいます！　たんなる疑問です！」

「正直に言うと」

先輩は、きまり悪そうに、自分の後頭部をわしっとかいた。

「つきあおうと言ってはみたものの、具体的になにをすればいいのか、よくわからないんだ」

「……は？」

「いっしょに帰るぐらいしか思いつかない。きみ、教えてよ。世間一般の彼氏彼女は、いったいなにをしているのか」

先輩のほおが、少し、赤くなっている。

本気で言ってるの？　それとも、あたしをからかってるの？

あたしは、こほんと、せきばらいをした。

「……えっと。たとえば、デートとかしてるんじゃないですか？　映画観たり遊園地いったり」

っていう展開を、まんがでよく見る。

悠斗くんも彼女いないみたいだし、つきあってるひとたちが身近にいないから、実はあたしもよくわからない。リアルなところは。

まんがやアニメや小説のエピソードから、こんな感じなのかな？　って、妄想してるだけ。

「そうか。デート。……じゃあ、デートをしてみようか」

えっ。まじですか！　そうきますか！

ぶんぶんと首を横にふる。

「け、けっこうです！」

即行でことわったものの。

まさかまた、「デートしないとバラすよ」とかなんとか言ってくるんじゃないよね？

先輩はまんがのためならなんでもしそうだし、おどされるかも。

そう思って、身がまえていたら。

「ははっ」

いきなり、先輩はあたしから目をそらして、笑いだした。

「そうだよな。いやがるよな。俺とふたりででかけるなんて、いやだよな」

と、自分に言い聞かせるみたいに、つぶやいている。

なんと答えていいかわからずに、押し黙っていると。

「きみは、好きな男が、いるんだもんな」

先輩は、そう言って、さびしげに笑った。

「あの絵を見て、すぐにわかった」

ああ……。やっぱりあのとき、気づかれちゃったんだ。

もうれつにはずかしい。ふられたくせに、うじうじとあんな絵を描いて。

なんて自分は根暗なんだろう……。

「どうした？　鳴沢」

「その話には、もうふれないでください。ふられちゃったんで」

いっしょうけんめい、笑顔をつくった。

自分で口にした「ふられた」って言葉が、ナイフみたいにあたしの胸をえぐる。

泣いちゃだめ。暗いムードにならないようにしないと。でも、痛いよ。

「あの。あたし、ひとりになりたいんで。だから、やっぱりいっしょには帰れま」

しゃべっているとちゅうで、頭に、ふわっと、手のひらが乗った。

びっくりして、言葉がひっこんでしまう。

先輩の手のひらが、ぎこちなく、あたしの頭を、ぽんぽん、となでた。

「せ、先輩……？」

「あっ……。ごめん」

先輩はすぐに手をひっこめた。

「その。つい」

ふたたび、先輩はあたしから目をそらした。今日の先輩、なんだか、へん。

「そ、それより。まんがが進まないと言っていたが、あのネームはどうなった？　サッカーの話」

「……もう、描けません。あの話は。渚くんをモデルにした話だから」

千歌のためにゴールを決めた、って。うかれた夢を見てた自分がばかみたい。

「描けばいいのに。なんでもネタにしろよ。どの賞にだすかは決めたのか」

「賞だなんて、そんな」

「だすべきだ」

間髪をいれず、先輩はきっぱりと言いきった。

「目標を見つけて、がむしゃらに進め。そうすれば、失恋の痛みなど、すぐに吹き飛ぶ」

「えっ……」

先輩は、さっときびすをかえした。

「じゃあな」

たたっと、走り去っていく。

失恋の痛みなど、すぐに吹き飛ぶ、って。先輩なりに、気づかってくれたのかな。

かわいた風が吹いて、あたしの前髪を持ちあげる。

まんがの賞、か……。

家に帰って、例の、サッカーの話のネームを見かえしてみた。

悪くないけど……。女の子のせつない気持ちが、ちょっと足りない気がする。

だって。本当の恋は、もっと……。

なんでもネタにしろ、か。たしかに、いまならあたし、恋する女の子の苦しい気持ちを、もっともっとうまく描けるかもしれない。

本棚から、毎月買っている少女まんが誌を取りだした。

まんがスクールのページをひらく。実は、毎月目を通しているんだ。

このスクールで佳作入選したら、本誌デビューできる。努力賞以上で、担当がつく。

つぎのしめきりは……、今月末。

まにあうかどうかわからないけど、とにかく、描いてみよう。

めそめそと泣いているより、ましだ。

あたしは、学習机に原稿用紙を広げた。

11・メグの言葉

毎日、帰宅してから、まんがをこつこつと描き進めた。

サッカー部のエース「シュン」と、クラスメイトの女の子「マナ」の、もどかしい恋の話。

どうしても、渚くんのことを思いだしてしまうけど、まんがの「シュン」はべつの男の子、と自分に言い聞かせた。

いまのところ、順調に進んでいる。あと少しで、下書きが終わりそう。

学校にも、あたしは、描きかけのまんが原稿を持ってきていた。

そして、クラブ活動の時間になった。もちろん、どんどん描いていくつもり。

「新作ー？」

メグがあたしの原稿をのぞきこむ。

「うん。雑誌に投稿してみようかと思って」

「えーっ！　すごいっ！」

「すごくないよ。だすだけだもん。……あ」

原口先輩が、いつの間にか背後に立っていた。

「ようやくやる気になったか。っていうか、ここ」

すっと、顔の横から、えんぴつを持った手が伸びてくる。ち、近い。

「もっと大きく描いたほうがいいんじゃないか？」

先輩は、「シュン」の横顔を描いたコマを、うすーくマルでかこんだ。

「苦手なんです。横顔描くの」

「でもここは、大事なシーンだろ」

ちょっとこっちにこい、と、自分の席にあたしたちを呼びよせる。

そして、自分のノートに、さらさらさらっ、と、シュンの横顔を描いてみせた。

「わああっ……。すごい……っ」

ラフなタッチなのに、表情がすごく豊か。

真剣なまなざしといい、流れる汗といい。シュンのかっこよさ、倍増だよ。

「かっこいい……。やばい。シュンくんに、ガチで惚れてしまいそう……」

メグが目をうるませた。メグは、二次元のイケメンが大好きなのだ。

「ま。こんな感じで」

「は、はい」

とてもじゃないけど、マネできる気がしない。まだまだ修行が必要だなぁ。

自分の席にもどると、メグがそばにしゃがんで、あたしに顔をよせた。

メガネの奥の目が、きらきらとかがやいている。

「いいなあーっ、千歌は」

「なにが？」

「まんがも調子よくて、かっこいい彼氏もできて。すっかりリア充じゃん」

「えっ」

「おいてきぼりにされたみたいで、あたしはちょっとさびしいかな、なんて」

あははっ、と笑うメグ。ちょっと待って、メグには最初にちゃんと説明したよね？

「ねえ、メグ。あたし、先輩とはつきあってないからね？　言ったじゃん、まんがのためだって」

「でも、はじめは恋人のふりをしてただけなのに、だんだん本気になって……って、まんがでよくある展開じゃん。千歌たちもそのパターンなのかなって」

待って待って。そもそも、恋人のふり、っていうのも、ちょっとちがうし。

「あのね。ほんっとうに、ありえないから。先輩って、たしかにまんがへの情熱はすごいし、うまいから、尊敬はしてるけど、それだけ」

メグはまゆげをハの字にさげた。

「ほんとにその気ないの？　これっぽっちも？」

力強く、うなずく。

「じゃあさ、どうしてはっきりことわらないの？」

「そ、それは……」

渚くんときょうだいになったことを、バラすとおどされたから、だけど。

「先輩に対して失礼だよ」

「そ、そうかな。そもそも、ネタのためにって言われたんだし、失礼なのはむこうのほう」

「ちがう気がする。ほんとに、まんがのためだけなのかな？　千歌にアドバイスしてるときの先輩、すごくうれしそうだった」

「それは、まんが愛ゆえ……」

「先輩が、ほんとに千歌のこと好きだったらどうすんの？　中途半端な態度は、先輩を傷つけると思う」

「……そんなわけ、ないと思うけど」
と、言いつつも。このあいだ、頭ポンポンされたことを、思いだしてしまった。
まさか。そんな。ありえないよ。
学校が終わって、ぼんやりと、ひとり、通学路を歩く。
先輩は、今日は「いっしょに帰ろう」とは言ってこなかった。
信号が赤に変わって、立ち止まる。
と、横断歩道のむこうに、見慣れた紺色のランドセルが見えた。
渚くん。渚くんが、歩いてる。
渚くんのすがたが視界に入っただけで、跳ねあがる心臓。
だめだよ。好きでいたってしょうがないのに。むくわれないのに。
でも、渚くんの前では笑顔でいなきゃ。
また心配かけたくないし、万が一、あたしの気持ちに気づかれたら。
あたし、もう、あの家にいられないよ。
信号が青に変わっても、あたしは歩きだせずにいた。
胸が、ぎゅうっと、しぼられるみたいに、苦しくなる。

——先輩が、ほんとに千歌のこと好きだったらどうすんの？

メグの言葉が頭をよぎった。

もし。もしも、そうだったら。

あたしも、先輩のことを好きになれたら。

渚くんのことを忘れられるのかな。

こんな、胸がつぶれるような痛みを、忘れられるのかな。

「そんなわけ、ないし」

ひとり、つぶやく。ばかなことを考えるのはやめよう。

まんがのことだけ、考えていよう。

帰宅後。自分の部屋にこもって、宿題をすませたあと。もくもくと、下書きを進めた。

渚くんのことも、先輩のことも、考えるすきがないぐらい、集中したいよ。

夕ごはんとお風呂を終えてからも、描いた。

でも、どうしてもうまく描けないところがある。

サッカーの試合で、ヒーローがかっこよくシュートを決めるシーン。

図書館で借りてきた、サッカーの雑誌や、スポーツの解説本を見ながら描いているんだけど、どうも、しっくりこない。

でも、大事なところだから、納得できるまで直したい。

ふと、時計を見ると、夜の9時半を過ぎたところだった。

そろそろ、今日の作業は終わりにしようかな。明日早起きしてつづきを描くのもいいかも。

もう、無茶なことはしない。夜ふかしもしないし、ごはんもちゃんと食べている。

前よりも頭がよく働いて、集中できている気がするし。睡眠とごはんって、大事なんだなあ。

道具を片づけ、歯みがきをするために、1階におりる。


「あっ……」

渚くんが、ソファで寝ていた。

がらんとしたリビングで、テレビの音だけがひびいている。

だれもいない。悠斗くんは自分の部屋だし、パパは泊まりの出張だし、みちるさんは、お風呂かな。シャワーの音がするもん。

渚くんは、ソファにあおむけに横になって、すうすう寝息をたてている。

「こんなところで寝てたら、風邪ひいちゃう」

起こしてあげようと、そばによった。

無防備な寝顔。長いまつ毛。シャンプーのにおい。

どきどきと胸が鳴る。

あきらめなくちゃいけないのに、心臓は、ちっとも言うことを聞かない。

「渚くん。渚くん。起きて。自分の部屋で寝なよ」

「…………ん。んー……」

起きないし。

思いきって、渚くんの肩に手をかけて、ゆする。

「渚くんってば！」

「……千歌。ねぼすけ……」

名前を呼ばれて、どきんとしてしまう。渚くんは目をとじたまま。

「ね、寝言？　っていうか、自分だってねぼすけじゃない！」

「千歌……」

いったい、どんな夢を見てるの？

名前なんて呼ばないで。気持ちが、ぐらぐらゆれてしまうよ。

と、渚くんが、ぱちっと目をあけた。

「うわっ、千歌！」

渚くんが、いきなりからだを起こしたから、あたし、びっくりしてしりもちをついてしまった。

「ご、ごめん」

「い、いいけど。自分の部屋で寝なよ」

どきどき、どきどき。

「あのさ、……おれ。なにか、へんなこと言ってなかった？」

あたしの名前を呼んでました。とは、はずかしくて言いだせなくて。

「なんにも？」

と、ごまかした。

どうせ、あたしをからかって遊んでいる夢でも見てたにちがいない。

「千歌、部屋で、描いてたの？」

ふいに、渚くんが言った。

「え？　どうして？」

「手。黒くなってる。えんぴつのあと」

「……あ」

自分の右手を見たら、手のひらのはじっこ、紙に接する部分が黒くよごれている。

はずかしい、こんな汚い手。さっと、かくした。

「なんでかくすの？」

「だって」

「がんばってる証拠じゃん」

「もう、無理はしませんから」

「……あいつに、アドバイスしてもらってんの？」

「べつに……」

原口先輩の話、ふらないでよ。胸がちくちくするよ。

「まんがの賞に、だすことにしたんだ。でも、どうしてもうまく描けないシーンがあって。だれにアドバイスしてもらっても、解決しない気がする」

話題をそらしたくて、つい、ぽろっと弱音をはいてしまった。

「どういうシーン？」

「サッカーの。……試合で、男の子がシュートを決めるシーン」

ぼそぼそと、つげた。渚くんがモデルだなんて、口がさけても言えないけど。

「じゃ、試合、観にくる？」

思いがけないせりふに、え？　と、渚くんを見つめた。

「今度の日曜、練習試合があんだよ。会場はうちの学校のグラウンドだし、洋平が調子にのって言いふらしてまわってるから、ギャラリー多いかもだけど」

洋平って、新しくチームメイトになった人だったっけ。

はじめての試合で、うれしいのかな。

「いって、みようかな……」

「こいよ。おれたちの試合でも、ちょっとはまんがの役にたてるかもしれないし」

渚くんははずんだ声をあげた。

「シュート決めるシーン描くんだろ？　だったら、おれが決めるから」

「えっ」

って、そんな、かんたんにできることなの？

「千歌のために、おれが、シュート決めてやるよ」

にいっと、渚くんは、不敵に笑った。

12・なくしてしまった宝物

千歌のために、シュートを決める……。

あのときの、夢の中で聞いたせりふ、そのままで。頭がぽーっとしてしまう。

「ほんっと、世話の焼ける妹だよな、まったく」

渚くんが、はあーあ、っと、これみよがしにため息をつく。

その言葉で、はっと現実にもどった。……妹。

「おまえ、そのまんがで賞とったら、賞金でなんかおごれよ？　キョーリョクしたんだからさ」

にやりと、いじわるくほほえむ渚くん。

「まだまだ賞なんてとれるレベルじゃありませんから」

ふいっと、そっぽをむいた。

「っていうか、湯冷めしちゃうし、さっさと部屋にいって寝れば？」

「なんだよ、いきなり機嫌悪くなって。へんなやつ」

渚くんは立ちあがると、ふわーっと、大きなあくびをした。

「言われなくてもう寝るよ。じゃーなおやすみ」

「おやすみっ！」

投げやりに言いすてた。

シュート決めてやるって言われてうれしかったのに……。

期待させないでよ。

そばにあったクッションを、ぼんっ、と、壁に投げつけた。

そして、すぐに自己嫌悪。

勝手に期待しちゃったあたしのほうがばかなんだ。

「妹」って言われるたびに、渚くんがあたしに、見えない壁をつくってるように感じてしまう。

あたしのまんがに協力するって言ってくれてるんだから、純粋に感謝するべきなのに。

いいかげん、恋する気持ちは、もう封印しよう。

あたしも、渚くんのことを、家族として大事に思うことにする。

「こうなったら、ほんとに賞をとってやる！」

立ちあがって、ガッツポーズ。

「賞金で、高級ステーキでもお寿司でも、なんでも好きなものごちそうしてやるんだから！」
あえて声にだして、自分をふるい立たせた。

ピリリッ、と、試合開始のホイッスルが鳴る。
日曜日の午後。桜川第一小学校のグラウンドは、小学生でいっぱい。
渚くんの友だち、どんだけ宣伝したんだろう。
おしゃれした女子のグループがそこここにいて、きゃあきゃあ黄色い声をあげている。
やばいな。ぜったいせりなもいる。
いちおう、警戒して、ばれないように帽子をかぶってきたけど、不十分だな。
バッグから、だてメガネを取りだして、かける。
そのとき。持ち手につけたパンダのキーホルダーが、目に入った。
つい、プチ旅行のときのことを思いだしてしまって、……胸が痛い。
だめだめ。よけいなこと考えちゃ。まんがのためにきたんだから。
気をとりなおして、持ってきた、小さめサイズのスケッチブックを広げる。
突然、わああっ、と、歓声があがった。きゃああっ、と、女の子たちが跳ねている。

うう……。人が多すぎて見えない。これじゃ、取材にならないよ。

意を決して、人だかりをかきわけて、前へ進んだ。

選手たちがボールを追いかけて競りあい、土ぼこりがもうもうと舞っている。

渚くんのチーム、桜川FCは、青のユニフォーム。

相手チームは、黄色。となり町のクラブだと、渚くんは言っていた。

あっ……。渚くん。

背番号、11。エースナンバーが、ひときわかがやいて見える。

相手チームにわたってきたボールを、渚くんは、さっとカットした。追いかけてくる相手選手を、ドリブルですいすいとかわし、あっというまにゴール前へ。

胸がどきどきする。

シュート……、するのかな。

と、ひょいっと、渚くんは右サイドへボールをパスした。

そこへ走りこんできた桜川の選手がボールを受け、ゴールへ蹴りこむ。

だけど、そのシュートはゴールポストに当たって跳ねかえされた。

ああ……。おしい。

だけど渚くん、あんなスピードでドリブルしながらも、チームメイトの動きをちゃんと見てるんだな。だから、的確なパスがつながって、チャンスがうまれる。

やっぱりすごいよ。

渚くんから目をそらせない。

吸いよせられてしまうの。

息もできないぐらい。

0対0のまま、前半が終了した。

あたしのスケッチブックは、真っ白いまま。

そっと、自分の胸に手を当てる。

今日は、まんがの取材のためにきたはずなのに、あたし……。

そして、後半がはじまった。

どこにそんなパワーがあるのか、ふしぎなぐらい。息をはずませてグラウンドを駆けまわっても、渚くんのスピードは落ちない。

ううん、むしろ、前半よりいい。

ボールを追いかけているときの、渚くんの目は、火がついたみたいに燃えていて。星みたいにかがやいていて。

「渚くん……」

祈るような気持ちになってしまう。

渚くんにボールがわたった。一気に、ドリブルでぬけていく。相手チームの選手は渚くんについていくのでせいいっぱい。

右へ左へ、たくみにかわしながら、渚くんはゴールへむかって駆けていく。

――だったら、おれが決めるから。

渚くん。おねがい。

一瞬。獲物をねらうみたいに、するどい目で、ゴールを見すえて。

渚くんは、思いっきり、ボールを蹴りこんだ！

あたしは、ぎゅっ、と、胸の前で両手を組んだ。

――千歌のために、おれが、シュート決めてやるよ。

ザシュッ！

ゴールネットがゆれた。

ピリリリッ、と、ホイッスル。試合、終了。

決まった……。

きゃあああっ、と、女の子たちの、黄色い歓声があがる。

渚くんのところに、青のユニフォームの桜川の選手が、わらわらとよってきて、渚くんに抱き着いてもみくちゃにしている。

ふうっと、力がぬけて。あたしはその場にしゃがみこんだ。

と、そのとき。

「渚くん、超カッコよかった……！」

聞きなれた、甘ったるい声が、耳に飛びこんできた。

かちんと、からだが固まる。せりなだ。ぜったいいるだろうとは思っていたけど、まさかこんなに近くにいたなんて。

試合も終わったことだし、早く帰らなきゃ。もしもせりなに気づかれたら、またいろいろいじわるを言われてしまう。とりあえずここは、しゃがんだまま、顔をふせてやりすごそう。

「せりなー。渚くんのとこ、いかないのー？」

「いくに決まってんじゃん！」

「差し入れ、持ってきたんだもんね。しかも手作り！」

「手作りって言っても、かんたんなお菓子だし……。ねー、喜んでくれると思うー？」

「せりなの手作りお菓子、喜ばない男子なんて、いないでしょ！」

せりなたちのはしゃいだ会話、まる聞こえだよ。

それにしても、手作りの差し入れだなんて……。渚くん、受けとるのかな。

「ミーティング終わったみたいー。いまがわたすチャンスじゃない？」

「どうしよう……。かっこよすぎて、むり。あたし、もう、コクっちゃうかも……」

きゃーっ、と、せりなのとりまきの女子たちが声をあげた。

「つ、ついに？　ビッグカップルじゃん！　美男美女だし、超おにあいじゃん～！」

ずきん……。

やだ。そんなのやだ。

渚くんとせりながつきあうなんて、いや。

だって渚くんは、あたしの……。

……たんなる、義理のお兄ちゃんだ。

最初から終わってる。告白なんて、ぜったいにできない。

たんなる妹には、ほかの女の子とつきあわないで、なんて、口だしする権利なんかない。

いまのあたしには、試合を終えた渚くんに、駆けよってタオルをわたすことすらできない。

もう、帰ろう。つらくなるだけだ。

ふらふらと、立ちあがる。

と、どんっ、と、人にぶつかって、だてメガネがはずれて落ちた。

その瞬間。

「……鳴沢さん？」

せりなと目が合った。

やばい。気づかれた！　ふいっと目をそらし、逃げようとしたら。

「待ってよ鳴沢さん」

せりながよってきて、あたしの腕をひいた。

「渚くんの応援にきてたの？」

さっきまでの、甘い声じゃない。低くて、つめたい声だ。

「ち、ちがうよ。たまたま通りかかって」

「うそつかないでよ！」

はげしい言葉でさえぎられる。

「どういうつもりなの？　渚くんに近よらないでって、言ったじゃない」

ぐっと、つめよられる。一瞬ひるんだけど、あたしはがんばって言いかえした。

「藤宮さん。どうしてあたしに、そんなことばっかり言うの？　あたしが地味キャラで目立たないからって、……ひどいよ」

ぐっと、バッグの持ち手をつかむ手に、力をこめる。

「それだけじゃないから」

「……え？」

「地味キャラだから、っていうのもある、たしかに。あなたは、渚くんにはつりあわない。でもあたしは、それ以上に、あなたの中途半端さがゆるせない」

「中途半端……？」

メグにも、言われた。同じ言葉を。

「原口先輩とつきあってるくせに、こそこそ渚くんのことも見にきたりして。あたし、そういうの、大っ嫌い」

「ち、ちがうよ！　先輩とはつきあってなんかないもん」

「あたしは！」

あたしをにらみつけるせりなの目は、うるんで赤くなっている。

「あたしはずっと渚くんだけなの！　1年生のとき、となりの席になってから、ずっと好きなの！　ぜったいに、ふりむかせてみせるんだから！」

せりなはずっと、あたしをにらみつづける。

たえきれなくて、先に目をそらしたのは、あたしのほうだった。

たえきれなくて、逃げだしたのは、あたしのほうだった。

じわじわと後ずさって、きびすをかえして。試合のあとのざわめきの残るグラウンドを、走りぬけて、逃げた。

学校の敷地をでて、近くの公園へ駆けこむ。息が苦しい。

だって。だって。先輩のことは誤解だけど。渚くんへの気持ちは……。

封じこめるしか、ないんだもん。

ベンチに座って、息をととのえる。

かろうじて涙をおしこめて、ずずっと、ハナをすすった。

バッグからティッシュを取りだそうとして。

「………あれ？」

ない。

バッグにつけていた、まゆげパンダのキーホルダーが、ない。

グラウンドに、落(お)としてきちゃったんだ！

どうしよう……。

13・止められない想い

渚くんと仲直りした、家族旅行。
ふたりでまわした、古ぼけたガチャガチャ。
ほら、と、カプセルを投げてくれた渚くんの笑顔が、脳裏によみがえる。
でてきたパンダを見て、おなかを抱えて笑っていた渚くん。
ふたりで笑いあえた瞬間を、きれいな結晶にとじこめて、ずっと持っていたくて。
パンダのキーホルダーを、宝物にしようと思ったの。
こんなかたちで、なくしてしまうなんて。そういう運命だったのかな。
だけど……。
あのパンダ、いま、グラウンドに落ちているのかな。
あんなに土ぼこりも舞って、人もたくさんいるところに。
茶色くよごれてしまっているかもしれない。だれかにふまれているかもしれない。

そう思うと、いたたまれなくて、あたしは立ちあがった。

公園をでて、グラウンドへと、走りだす。

助けてあげなくちゃ、かわいそうだよ。

あたしのパンダ……、ううん、あたしと渚くんとの思い出が。ふみつけられて、泣いている。

グラウンドには、もうだれもいなかった。

選手たちも、応援していた保護者たちも、小学生もいない。

もちろん、せりなも、渚くんも。

せりなのせりふを思いだすと、また、目の奥が熱くなった。渚くんに差し入れをわたしたのかと思うと、胸の奥がちりちりと焼かれて、痛い。

はやく。はやくパンダを探さないと。

試合を観戦していたところに、もどってみる。だけど、落ちていない。

だてメガネを取りだしたときには、まだバッグについていた。

ということは、走って逃げるときにちぎれて落ちた？

自分が通った場所を思いだして、たどっていく。

「……ない」

どうしてどこにも落ちてないの？

グラウンドを、すみからすみまで、探してまわる。だれかがひろって、どこかにぽいっとほうったのかもしれないもん。

風がでてきた。

空気はからからに乾燥している。落ち葉が舞いあがり、土ぼこりも舞った。

少し、寒くなってきた。

日がかたむいてきたんだ。早く見つけなきゃ。

強くなる風にあおられて、髪の毛がまとわりつく。なんだかのども痛くなってきた。

けほっ、けほっ、と、かわいた咳がでる。

グラウンドを2周、3周しても見つからない。念のため、遊具の下も探してみるけど、ない。

あたしはとうとう、うずくまってしまった。

どうしてでてきてくれないの。

神さまが、渚くんとの思い出を、捨てろと言っているの？

いいかげん、恋する気持ちを、捨てろと言っているの？

「いやだ……」

あたしは、つぶやいていた。ほとんど無意識だった。

「いやだよ。あきらめたくないよ」

妹以上には見てもらえないと知って。何度も何度も、あきらめようとしたよね、あたし。

自分に言い聞かせたよね。

でも、むりだった。

無防備な寝顔も。「千歌のために、シュートを決める」と言いきった不敵な笑みも。

まっすぐにゴールにむかっていく、ひたむきなすがたも。

ばーか、って、あたしのほっぺをつまむ手も。

倒れたあたしを心配して、必死で抱えて運んでくれたやさしさも。

たとえ、そのやさしさが、きょうだいに対するものでしかなくても。

ぜんぶ、ぜんぶ、好きだよ。

むくわれないからって、かんたんに消してしまえるような、その程度の想いじゃない。

せりなが、「渚くんのことをずっと好き」って言ってた。

でも、あたしだって負けない。だれよりも強い気持ちで、渚くんを好き。

たとえ好きになってもらえなくても。同じ想いがかえってくることがなくても。

「好き……だもん」

だって、こんなに胸が苦しい。

甘くてどきどきするだけじゃない。恋は、こんなに苦しい。

だけど、もう、逃げないよ。

立ちあがると、ひときわ強い風が吹いて、髪があおられた。

負けるもんか！

意地になって探しつづけてふと気がつけば、空はもう、オレンジ色に染まっている。

日が落ちてしまう前に、早く見つけなきゃ。

「……っくしゅん」

くしゃみが、飛びでた。やっぱり寒いな。

グラウンドのまわりに植えられた桜の木々も、ブランコもすべり台も、夕陽に照らされて朱く光っている。

あたしはブランコに座った。鎖をにぎると、びっくりするぐらい冷たい。

こんなに探しているのに、どうして見つからないんだろう……。

あたしのパンダ、いったいどこにいるの？

うつむいて、自分の足もとを見つめていると、なんだか、鼻の奥がつんとして。

涙がひとつぶ、こぼれ落ちた。その瞬間。

「――千歌！」

声が聞こえた。あたしを呼ぶ声。

はっとして立ちあがる。

「………渚くん」

渚くんが、こっちにむかって、まっすぐに走ってくる。

「なにやってんだよ、こんなとこで」

「な、なに、って……。渚くんこそ」

「試合、とっくに終わってんのに、なかなか帰ってこないし。どっかで道草でもくってんだろって思ってたけど……。なんか、気になって」

「あたしを、探しに……？」

「っつーか。おれも用事でこっちにきたから、ついでによってみたんだよ！」

渚くんはあたしから目をそらすと、きまり悪そうに、頭のうしろをかいた。

渚くんの横顔が、夕陽のせいで赤く染まっている。

「あたし。ちょっと、探し物してて」

「探し物？　なにを？」

「試合のあと、落としちゃったみたいで。旅行のとき、ふたりで」

「……って、ひょっとして」

渚くんは自分のパーカのポケットをごそごそして。

「これ？」

と。まゆげパンダのキーホルダーを、あたしの目の前にかかげてみせた。

「……！　ど、どうして渚くんが！」

「帰るときな。同じチームのやつがひろって、ヘンな顔だろ、うける、っつって見せてくれたんだよ。千歌のパンダだ！　って、すぐに気づいて。それで」

あたしの手のひらに、パンダを、すとんと落とした。

「渚くんが持ってたんだ……」

胸がいっぱいになって、なにも言えなくなる。手のひらのパンダが、涙でかすんでいく。

「ちょ、千歌、おまえ、なに泣いてんだよ」

「だ、だって……」

「よっぽど気にいってんだな、それ。こんな時間まで探しまわって」

ぶんぶんと、首を横にふった。

「ただのまゆげパンダじゃないもん……。これは、特別だもん。だって」

ずずっと、ハナをすすった。

「だってこれは、あのとき、渚くんといっしょに」

声がつまって、つづきを話せない。

渚くんと、いっしょに。

くちびるをかみしめて、涙をこらえていたら。

すっ、と。手が伸びてくる。

渚くんが、あたしのほおに、ためらいがちに、そっと、ふれた。

「……すげー、冷たくなってる」

どきん。どきん。どきん。

オレンジ色に染まる、夕暮れのグラウンド。冷たい風が吹いて髪をゆらす。

どきん。どきん。どきん。

自分の心臓の音だけが、耳のうしろで、大きく、大きくひびいている。

「バカだな、千歌は」

渚くんは、そのまま、あたしのほっぺたを、むにっとつまんだ。

「帰ろうぜ」

「…………ん」

渚くんは、校舎のそばに、自分の自転車をとめていた。

あたしのバッグを、自転車のカゴに入れてくれる。

自転車を押す渚くんのとなりを歩く。渚くんはなにも言わない。

あたしも、胸がいっぱいで、なにも言えなくて。ずっと無言で、歩きつづけていた。

まるい夕陽が街並みのむこうに吸いこまれていく。

透きとおったオレンジ色の空に、銀色の細長い雲がたなびいている。

「……まんが。描けそう？」

ふいに、渚くんが口をひらいた。

「うん。たぶん、……描ける」

ゴールを狙う、まっすぐな瞳。すごく、かっこよかった。

「ありがとう。決めるって宣言して、ほんとに決めちゃうんだもん。すごいよ」

「まあな。ってか、みょうに素直じゃん、千歌。気持ちわるい」

「ひどい！　なんで、お礼を言って文句言われなきゃいけないの？」

むきになって言いかえしていたら、けほっ、けほっ、と、せきこんでしまった。

「風邪ひいたんじゃねーの？」

「だ、だいじょうぶ」

はずかしい。

渚くんは、ふいに、まじめな顔になった。

「がんばって仕上げろよ、まんが」

「……うん」

渚くんに「がんばれ」って言われたら、おなかの底からふつふつとパワーがわいてきて、なんでもできそうな気持ちになるよ。

渚くんは、いつもあたしに魔法をかけてくれる。

「できあがったら読ませろよ？」

「うん」

「でも、的確なアドバイスとか、そういうのは無理だから、期待すんなよ。そういうのは彼氏にたのめよな」

「あの。渚くん。そのことなんだけど」

誤解だよ、と言おうとしたけど。

――先輩が、ほんとに千歌のこと好きだったらどうすんの？

メグの言葉がよみがえる。

――中途半端な態度は、先輩を傷つけると思う。

中途半端。

せりなにも言われた。

渚くんの誤解をとく前に。あたしには、しなきゃいけないことがある。

両思いになれなくても、渚くんのいちばん近くにいたい。

好きな気持ちを、消さない。
そう決めたんだから。
ちゃんと、けじめをつけなくちゃいけないんだ。

14・先輩の気持ち

つぎの日の放課後。

「原口先輩！」

校門をでたところで、原口先輩を呼び止めた。

「鳴沢！　まさか、俺を待ってたのか？」

先輩は、よほどびっくりしたのか、目をまるくしている。

「……ちょっと。折り入って、お話がありまして」

うう、すごく緊張する。

「話、ねえ」

先輩は、前髪をくしゃっとかきあげると、いいよ、と、口のはしをあげた。

ふたりで、学校のそばの公園へ。

「どうしたんだ？　そんなにキョロキョロして」

「いえ……」

このあいだは、いろんな人に目撃されちゃったみたいだから、つい、警戒してしまう。

はやく言わなくちゃ。

「あの」

「あの、さ」

ふたり同時に、口をひらいた。

「きみから先にどうぞ」

「え、でも」

「そもそも、きみのほうが呼びだしたんだし」

「じゃあ……。えっと、なんの話かというと」

なんだか緊張して、口がからからにかわいてしまう。

「おつきあいの話、ですけど。その、やっぱり無理です。まんがのために、女子のリアルが知りたいなら、あたしが知っていることならなんでも教えるし、協力します。だけど」

「だけど？」

先輩の、ひとえのすずしげな目が、少しくもっているように見えるのは……、気のせい？

あたしはつづける。

「あたしには、好きなひとがいるから。だから、いくらまんがのためでも、ほかの男の子とつきあうなんて、できません」

先輩は、わずかに首をかしげた。

「ふ、ふられた、って、言ってなかったっけ？」

「ふられたけど！　望みは限りなくうすいけど！　それでも、……やっぱり好きなんです」

あたしの気持ちは、ゆるがない。

先輩は、ふうっと、ため息をついた。

「じゃあ……、バラしてもいいんだね？　彼とのひみつ」

きた。

そう言われると思っていた。

あたしは、ごくりと、つばを飲みこんだ。

「かまいません」

「……え？」

「バラされても、かまいません」

ひみつがばれたら、いま以上に、せりなにいじわるを言われると思う。
杉村たち男子も、あることないこと言ってくるかもしれない。
もしかしたら、せりなのとりまきの女子たちの指令で、はぶられるかもしれない。
渚くんファンの女の子たちに、かげで悪口をたくさん言われるかもしれない。
それでも。
渚くん以外の男の子とつきあうなんてできない。
たとえそれが「本当のおつきあい」じゃないとしても。
「……そうか」

ずっと押し黙っていた先輩が、かすれた声で、そうつぶやいた。

「そこまで言うんだったら」

明日、学校で、うちのクラスのみんなに、あたしと渚くんのことを話してしまうんだろうか。

先輩は、本当に、そんなことを……。

と、先輩は、ぷっ、とふきだした。

「そんなにおびえないでよ、青ざめちゃって。俺はそれほど冷酷な人間じゃないよ」

「………でも」

きみに拒否権あるの？　なんて言ってたくせに。

俺はさ、と、先輩は、ふわりと笑った。

すごくやわらかい笑顔……。先輩って、こんな表情も、するんだ。

「ちょっと、いいなあって思ってたんだよ」

「……なにを？」

「きみのこと。クラブの時間に、まんがをがんばって描いているだろう？　俺は、低学年のころからずっと、ひとりで描きつづけてきた。だから、きみのことも気になっていた」

ひとりで、もくもくと、こつこつと。先輩の、そのすがたは、かんたんに想像できる。

「きみのことを、自分と重ねあわせていたのかもしれない。気になるといっても、最初はその程度だった。まんがのために男女交際してみたいと思ったときに、まっさきに思い浮かんだのがきみだった」

「……はい」

「だけど。きみが高坂渚くんのことを想っていると知ったとき。俺は、その」

先輩は、ふいにあたしから目をそらした。ほおも、耳たぶも、赤く染まっている。

「本気で好きになっていることに気づいた。……きみを」

先輩。

ほんとに……？

「ふられた、って聞いて。ほっとした。つけいるスキがあるなって思った。最低だろ？」

先輩はさびしげに笑う。

秋の午後の、やわらかいひかりが、公園にふりそそいでいる。

空はどこまでも澄んで、青い。

青くて、きれいで、……なんだか、胸が痛いよ。

「ごめんなさい」

あたしは、深く、深く、頭をさげた。

「鳴沢。顔をあげろよ。心配しなくても、きみたちのひみつはちゃんと守るから。弱みをにぎって交際をせまるとか、考えてみればサイテーだな、俺」

ははっ、と、先輩は笑ったけど。

あたしは、にぶくて、先輩の本当の気持ちに気づかなかった。

「なんで、ふったきみのほうが、泣きそうな顔をしてるんだよ」

「だって」

先輩は、腕を組んで、ふうっと、ため息をついた。

「俺は、あきらめるとは言ってないからね？」

「……え？」

「きみも、ふられても、高坂くんのことをあきらめないんだろう？」

「……はい」

「俺も同じ。つぎは、取引なんてこざかしいマネはしない。いつか、きみを俺の彼女にする。いいね？」

その目が、きらりと、挑戦的に光る。射すくめられて、思わず、

「は、はい。……って！　だめです！　無理だって言ったじゃないですか！」

あぶないあぶない。反射的に、うなずいてしまうところだった！

「知らないよ？」

くすくすと、先輩は笑う。

「あたしの好きなひとは渚くんだけです！　ぜったいに、ぶれませんから！」

きっぱりと、言いきった。

胸の中に、すがすがしい風が吹く。

あたしの好きなひとは、渚くんだけ。

これから先も、きっと。ずっと。


自分の気持ちが、すとんと、落ちついたせいかな。

前よりもまっさらな気持ちで、まんが原稿にむかうことができるようになった。

しめきりは、もうすぐ。毎日、かりかりと、ペン入れを進めている。

ずっと悩んでいた、サッカーのシュートのシーンもかたちになった。

そして、金曜日の午後。

いよいよ、ラストまで、ペン入れが終わりそうだよ。

ダイニングテーブルで、何枚も原稿を広げて作業をしていると、渚くんが2階からおりてきた。

「千歌ー。宿題みせろよ……って、やってなさそうだな。そのようすだと」

「宿題よりしめきりですから！」

「目、血走ってるって。こっえー」

うそ。あたし、こわい？　ひょっとして、ひどい顔してる？

思わず、自分の顔を両手ではさんだ。

ただでさえぱっとしない顔なのに、これ以上ひどいことになったら……。

そんなあたしを見て、渚くんはおかしそうに笑う。

そして、あたしのとなりに座ると、

「おれもてつだう。っていうか、実はちょっとやってみたかったんだよなー。なにすればいい？」

と、身を乗りだした。

まさか、渚くんがそんなこと言ってくるなんて。

思わず、原稿を手でかくした。だってこのまんが、ヒーローのシュンのモデルは、渚くんだし。

「かくすなって」

渚くんがあたしの手をむりやりどかした。

ああ、もう、知らない！

「へー、すげー。前よりうまくなってんじゃん」

渚くん、気づいてない。自分がモデルだってこと。

……じゃ、まあ。いいか、な……？

正直、おてつだいはほしかったところだし。とりあえず、消しゴムかけをたのんでみた。

「これ、地味ーな作業だなー。おれ、そっちの、模様の入ったシートみたいなの、貼ってみたいんだけど」

「スクリーントーン？　だめだめ！　むずかしいし、高いんだからムダにしたくないもん」

渚くんはぶーぶー言っている。

「ちっ」

「舌打ち、やめて！」

わいわい言いながらも、作業は進む。

こつこつと、丁寧に描きつづけて、いよいよ最後の1枚。

大きなコマに、ヒロインとヒーロー、ふたりの笑顔で、ハッピーエンド！

「……やった！　できた！」

「まじか！　すげえ！」

テンションは、最高潮！

あたしと渚くんは、思わず、ハイタッチした。

最後の1枚のインクが、かわくのを待ってから。渚くんは、丁寧に、消しゴムをかけてくれた。

「……あのね、渚くん」

「ん？」

渚くんは原稿を持ちあげて、ふーっ、と、消しゴムのかすを吹き飛ばす。

「てつだってくれて助かった。なんか、飲む？」

「おう」

さっそくあたしは、原稿と道具を片づけて、インスタントコーヒーをいれた。

苦いのは無理だから、自分のには、牛乳と砂糖をたっぷり入れる。

渚くんは、コーヒーはいらないと言って、自分のマグに牛乳だけをついだ。

「コーヒー、苦手なの？」

「嫌いってわけじゃねーけど、身長、伸ばしたいんだよな」

「それで牛乳」

「コーヒーって眠れなくなるし。でかくなるには、どうも、睡眠が大事らしい」

「ふうん……」

ほんとかな？　でも、みちるさんも背が高いほうだし、渚くんも高くなりそう。

ぐんぐん背が伸びたら、もっともっとかっこよくなるんだろうな……。

中学生になった渚くん。高校生になった渚くん。おとなになった、渚くん。

ずっと、そばにいられたら、……いいなあ。

そんなことを思っていると、渚くんは、急に、いじわるな笑みをうかべた。

「千歌も気をつけたほうがいいぞ。どうすんだ？　いつまでもちんちくりんのままだったら」

「ちんちくりんって！　なんなの、その言いかた！」

渚くんはけらけら笑ってる。むかつく！

でも、せっかくふたりきりなんだし、いまこそ、先輩のことを説明したい。

「あ、あの。渚くん」

「ん？」

「あたしと、原口先輩のことなんだけど……」

と。がちゃり、と、ドアのひらく音がした。

「ただいまー」

と、やわらかい、のびやかな声。

「あれー？　渚と千歌ちゃん、ふたりでお茶してたのー？」

悠斗くんがにこにこしながら、ダイニングにあらわれた。

ゆ、悠斗くん……。なんというタイミング。

「兄ちゃん、おかえり」

「ただいま。ふたりとも、いい知らせがあるよ。今日はバーベキューだって。母さんからメッセージきた」

悠斗くんが自分のスマホをかかげてみせる。

「特選和牛、いただいたらしいよ」

「肉！　しかも特選！　まじかよっ！」

渚くんが目をかがやかせた。

高級肉のせいで、あたしの話は、完全にどこかに飛んでいってしまった。

15・まぶしい笑顔のふたり

日がしずんだばかりの、まだ明るさの残る空に、白いけむりがのぼっていく。

じゅうじゅうと、お肉の焼けるいいにおい。

庭にバーベキューコンロとテーブルを広げて、パパと悠斗くんが、お肉と野菜を焼いている。

「ほら、どんどん食べなさい」

焼きあがったばかりのお肉を、パパが、あたしのお皿にほうった。

あたしは、まだ、ちまちまとうもろこしを食べている。

すると渚くんが、あたしのお皿から、ひょいっとお肉をさらった。

「あっ！　あたしの肉！」

「焼肉は闘いだからな？　もたもたしてると、肉はなくなるぞ」

ふふんと、あたしにおはしをつきつける。

「ひどい！　かえしてよあたしの肉！」

「まあまあ、千歌も渚も、肉はまだたーっぷりあるんだから、みにくい争いはやめなさい」

パパが苦笑いしながら、あたしと渚くんのお皿に、焼けたお肉を入れてくれた。

「わーい！　パパ大好き！」

「パパ大好き〜、だって。ぷーっ！」

渚くんがあたしの声をマネして、笑った。

ばかにして！　ほんとにむかつくんだから！

みちるさんはビール片手に、からから笑ってる。

悠斗くんは、パパの横で、真剣な目をして肉をひっくりかえしている。

玉ねぎやピーマンの焼け具合にもずっと気を配ってるし、渚くんが肉にはしを伸ばそうとしたら、「まだだ！　まだ最高の状態じゃない！」とか言って止めるし。

なんか、職人って感じ……。

空がどんどん暗くなって、空気も冷えてきたけど。

炭の焼ける熱と、はしゃいだ雰囲気のおかげで、ちっとも寒くない。

アパートにパパとふたりで住んでたころには、考えられなかった。

自分の家のお庭で、こんなふうに、わいわいバーベキューをするなんて。

おなかいっぱい食べたあとは、みんなで手分けして片づけをする。

「さすがに寒くなってきたね〜。あったかい部屋で、みんなでお茶飲もうか？」

と、みちるさん。背中を丸めて、両手をこすりあわせている。

「いいねえ。デザートがほしいな」

パパが目をかがやかせた。

「ダメよパパは。あんまり食べすぎると、また健康診断にひっかかるよ？」

みちるさんが、パパを軽くにらむ。

「でも、たしかに、さっぱりしたものがほしいね」

と、悠斗くん。

「じゃあおれがなにか買ってくる。ケーキとかアイスとかゼリーとか、そういうのだろ？」

渚くんが割って入った。

「ダメだよー。パパがいくよ。もう暗いし、子どもがひとりでコンビニなんか」

「だいじょうぶだって、近いし。おれいくよ」

渚くんが自信まんまんに言いきったから、パパも、しぶしぶうなずいた。

「じゃ、いまからいってくる。適当に選んでいい？」

「いいよ。まかせる」

みちるさんから小銭入れを受けとると、渚くんは門のほうへ歩きだした。

その背中が目に入ったとき。

「ま、待って！　あたしもいく！」

あたしは、反射的に、そう言っていた。


近所のコンビニで、ああだこうだ言いながら、ふたりでデザートを選ぶ。

「めっちゃ高いアイス選んでやろうぜ」

うしし、と、渚くんが笑う。さては、それが狙いだったな……？

いちごのシャーベットと、みかんのシャーベット、どっちにしようか迷っていたら、

「さっさと選べよ」

渚くんがため息をついた。

「だ、だって」

「めんどくせーな。選べねーなら、両方買おうぜ」

ぽんぽん、と、かごに入れる。

「お金足りるの？　だいじょうぶ？」

「だいじょうぶ。兄ちゃんのを安くおさえるから」

「ひどい……。っていうかそれ、ぜったいばれるよ」

レジでお会計をすませて、店の外へ。

もうすっかり夜。

空には、まるい月がのぼって、光りかがやいている。

横断歩道をわたり、住宅街へ。

「……っくしゅ」

いきなり、くしゃみがでて、あたしは思わず立ち止まった。

「だいじょうぶか？　このあいだもせきこんでたし、おまえ」

「このあいだ？」

「グラウンドでパンダ探してたろ？」

「あっ、あのとき」

渚くんの手がほおにふれたときのことを、思いだす。

とたんに、鼓動がはやくなる。

「へ、へいきだよ。空気が乾燥してほこりっぽいから、それでちょっと調子悪いだけ」

「ほんとか？　風邪じゃねーの？　シャーベットとか食ったら、からだが冷えて悪化するかもだぞ」

「ほんとにだいじょうぶ」

「エンリョすんなって。おれがぜんぶ食ってやるから」

「もうっ！　それがねらい？」

渚くんの腕を、グーでパンチしようとした。……ら。

パンチがヒットする寸前で、手首をつかまれた。

「おれにパンチしようなんて百年早い」

「…………っ」

むかつく、なんてムキになる余裕すらない。

あたしの、手首。渚くんの手の熱。

「…………千歌？」

いまが夜でよかった。

あたし、ぜったいに、真っ赤になってるから。

だって……。ほっぺたが、すごく熱いんだもん。

「なぎさ、く……」

「あっ、……ごめん」

渚くんは、あわてて手を離した。

きまり悪そうに、あたしから目をそらす。

街灯のひかりが、しずかな住宅街の夜に、ふわりとにじんでいる。

「早くもどらねーと、みんな心配するな」

ふたたび歩きだした、渚くんの背中。

「あのね」

思いきって、渚くんのパーカのすそを、引いた。

「あのね。ずっと言いたかったんだけど……。あたし、彼氏なんていないんだよ？」

「……千歌？」

ゆっくりとふりかえる、渚くん。

「原口先輩とは、つきあってなんかない。まんがのアドバイスをしてくれてるだけ」

「でも、あいつ、家にまできてたし、……すげー、みんなうわさしてたし」

「正直に言うと……。つきあおうとは、言われてた。ことわったら、渚くんときょうだいだってこと、みんなにバラすよ、って」

「なんだそれ」

渚くんは眉間に思いっきりしわをよせた。

お、怒ってる？

「あっ、でもね。あたし、きっぱりとことわった。先輩も、おどすようなマネして悪かったって言ってくれたから……」

沈黙がおりる。

長い長い沈黙。

あたたかく光る、家々のあかり。

どこか遠くでひびいている、救急車のサイレン。

夜空からあたしたちを見おろしている、まるい、まるい月。

「……そっか。あいつとはなんでもないのか」

ようやっと。渚くんが、口をひらいた。

「だよな。千歌に彼氏なんて、百万年早いって思ってたんだよ」

「ひゃ、百万年？　あたし、化石になっちゃうじゃん」

「化石になっちまうなー」

渚くん、笑ってる。また、あたしのことばかにして。

横をむいて、ぶうたれていたら。

道のむこうから、こっちにダッシュしてくる黒いかげが視界に入った。

ぴりっと、あたしと渚くんのあいだに、緊張が走る。

「やばいな……。不審者かも」

渚くんが、さっと、あたしを自分の背中のうしろにかくした。

かばって……、くれてる。

「おーい！　千歌！　渚ー！　そんなところでなにやってるんだー！」
パ、パパ！
走ってきたのはパパだった。

「遅いから心配したよ。いくら近いとはいえ、子どもたちだけでいかせるんじゃなかった……」

ぜいぜい、息をきらしている。

「ご、ごめん。おじさん」

「渚～！」

パパが渚くんの肩を抱いた。

ごめんね、パパ。

心配してくれたのは、すごくうれしかったし、申し訳ないけど。

渚くんとの、ふたりきりの時間。終わっちゃった……。

買ってきたデザートについて、わいわい話しながら歩いているふたりの、すぐうしろを歩きながら。

足もとに落ちていた小石を、こつん、と蹴った。


家にもどると、みちるさんと悠斗くんが、ふたりそろって玄関ででむかえてくれた。

「遅かったじゃない～！」

みちるさんがあたしをハグする。

パパといい、みちるさんといい……。

こんなに心配してるなんて、あたしたち、そんなに長くしゃべってたのかな？

「ごめんなさい」

「いいのいいの。さ、あったかいお茶いれたげるから、ふたりとも、おいで」

「いいものがあるよ」

悠斗くんが、あたしに、片目をつぶった。

いいもの？　なに？

悠斗くんは、なにも言わず、2階へあがっていった。

なんだろう？

あたたかいリビングで、デザートを食べていると。

悠斗くんがもどってきた。手に、大きな封筒をかかえている。

「このあいだの、旅行の写真、プリントアウトしてみたんだ」

わあっと、みんな、目をかがやかせた。

「写真ね～！　そういえば撮りまくった気がするけど、すっかり忘れてたわ～！」

と、みちるさん。

「みちるは、撮るだけ撮って満足しちゃったんだもんな？」

「そうそう。私、いっつもそうなの！」

楽しそうなパパとみちるさん。

ローテーブルに広げられた、たくさんの写真。

色あざやかに染まる山並み。

おにぎりをほおばる、パパ。

カメラをむけられて、うっとうしそうに顔をしかめている渚くん。

滝の前でポーズをきめる、みちるさん。

「おっ！　千歌のまぬけ顔、発見！」

渚くんが指差した写真には、つり橋の前で、しゃがみこんで青ざめているあたしが！

思わずかくそうとすると、渚くんが、ひょいっと写真をつまみあげた。

「ちょ、ちょっと！　かえして！」

「やーだね」

「ちょっと悠斗くん！　なに笑ってるの？　っていうかいつの間にこんな写真を……」

「ごめんごめん。千歌ちゃんがあまりにもびびってたから、おもしろくって、つい」

きょ、きょうだいそろって……！

「千歌、すねるなって」

とうとう、渚くんはげらげらと笑いだした。

ひどいよー！

「もういい！　あたし、お風呂に入ってもう寝る！」

マグを持って立ちあがった。

ぷりぷり怒りながら、キッチンで、自分のマグを洗っていると。

「千歌ちゃん」

悠斗くんに、声をかけられた。

「なに……？」

「さっきはごめんね。千歌ちゃんには、これ。とっておきの1枚」

白い封筒を差しだされる。

タオルで手をふいて、おずおずと受けとった。

「ちょっとね、あまりにもいい写真すぎて、みんなの前では見せられないかな、なんて」

「……なに？」

つり橋におびえているあたし以上に、見られたらやばい写真なの？

こわいな。

「渚にも、同じのをわたすつもりだから」

「えーっ！　また笑われちゃうよ！」

「だいじょうぶだって」

悠斗くんは、にこにこ、笑ってる。

「ところで千歌ちゃん。コンビニにいったときに、渚となにか話したの？」

「え？　なんで？」

「なんだか、渚、機嫌いいなーって思って」

「そうかなあ？　機嫌いいの？　あれ。ひとの写真でげらげら笑って、失礼なだけだよ」

「なにはともあれ、ふたりが仲直りできて、長男としてはうれしい限りです」

悠斗くんはおどけてそう言うと、じゃね、と、リビングにもどっていった。

へんな悠斗くん。

階段をあがって、着替えを取りに、自分の部屋へ。

ドアをしめて、さっきの封筒を、あけてみると。

「あっ……」

渚くんの笑顔が、まっさきに、目に飛びこんできた。

そして、そのとなりで笑っている、あたしの顔も。

なにこれ。奇跡の一瞬だよ。

だって、あたしたち……。おたがいを見ているんだもん。

渚くんはあたしを見て笑ってて、あたしも、渚くんを見つめて、笑ってる。

これは、あのときの写真だ。

つり橋をわたって、広場にもどったあと。黄金色に染まったいちょうの木の下で、ふざけあって遊んでいた。

小さい子どもみたいに、まるで水遊びをするみたいに、落ち葉をすくって、おたがいにかけあって、はしゃいでいたんだ。

そうしたら、いきなりシャッターを切られて……。

そっと、写真を、胸にいだいた。

宝物が、またひとつふえたよ。

あたしは、渚くんにとっては、たんなる妹。

だから、この気持ちは、ずっと、ひみつ。

でも、こんなふうに、ふたりで笑顔の思い出をたくさんつくっていけたら……、あたしは幸せ。

渚くんの笑った顔が好きだもん。

写真を、そっと、学習机の上においた。

描きあげたばかりの、まんが原稿の、すぐそばに。

できれば、あたしの描いたまんがみたいに、ハッピーエンドになればいいな、なんて。

願ってしまうのは、わがままかな？

ため息を、ひとつこぼして、あたしは、着替えを持って部屋をでた。

すると。

「渚くん！」

ちょうど、部屋にもどろうとしていた渚くんと、はちあわせ。

「まだ風呂入ってなかったのかよ、おまえ。後がつかえてんだから、さっさとしろよな？」

いつものえらそうな口ぶりにも、どきどき、どきどき、してしまう。

「あのさ……。悠斗くんから、写真、もらった？」

「って。これ？」

白い封筒を、渚くんはひらひら振った。

「めっちゃいい写真っつってたけど。また千歌のおもしろ写真かもな」

いじわるく、笑う。

まだ、見てないんだ。ちょっとほっとしたのもつかの間。
いきなり、渚くんは、あたしの目の前で封筒をあけた！
どうしよう！　まさか、ここであけるなんて！
「…………」
渚くん、写真を持ったまま、かたまってる。
はずかしくて、渚くんの顔を見れないよ！
「あたし、もうお風呂にいくね！」
だだっと、階段を駆けおりた。
お風呂で、あたたかいお湯につかりながら。
あたしはずーっと、渚くん、どう思ったかな？　って、そればかり考えてた。
はあ……。のぼせてしまいそう。
すっごく気まずいけど、今日も明日もあさっても、ひとつ屋根の下。
片思いの男の子は、いつも、そばにいる。
あたしの、恋。やっぱり、前途多難です。

第3巻へつづく

あとがき

こんにちは！　夜野せせりです。

「渚くんをお兄ちゃんとは呼ばない〜ありえない告白〜」を読んでくれたみなさん、ありがとう！

千歌ちゃんと渚くんのお話、２巻目です。

今回のお話で、千歌ちゃんの新たな弱点が発覚しました。高い場所です。

千歌ちゃんは、おばけと雷と、ゴ○ブリと高い場所が苦手です（ほかにもあるかもしれません）。が。作者のわたしは、ゴ○ブリ以外は、ぜんぶ平気です。高い場所も大好き！

旅行のシーンを書くために、じっさいに大つり橋に行ってみたのですが、ワクワクが止まりませんでした。

旅行の思い出は、わたしにも、いろいろあります。

たとえば、小学生のときの修学旅行では、「幽霊が出た」といううわさが流れました。見た、というひとがいたんです。うらやましい！

ぜひ見てみたいと思っているのですが、なぜかわたしの前にはあらわれてくれません。こわがらないから、おどしがいがないんでしょうか？

中学校の修学旅行では、幽霊じゃなくて告白のうわさで盛り上がっていました。

だれがだれに告白してオーケーをもらったとか、そういううわさです。

千歌ちゃんも、今回、（わけありの）告白をされてしまいましたね。

まんがでプロデビューしちゃった年上男子、原口先輩です。

渚くん、悠斗くん、原口先輩、そして杉村くん。と、タイプのちがった男子が出てきますが、
みなさんはだれが好きですか？

じっさいに、クラスにこんな子がいるよー、こんな子が人気あるよー、などなど、教えてくれたらうれしいです。

ではでは。またつぎのお話で、お会いしましょう！

夜野せせり

★夜野先生へのお手紙はこちらに送ってください。

〒101―8050　東京都千代田区一ツ橋2―5―10
集英社みらい文庫編集部　夜野せせり先生

今巻も渚くんに
ときめきっぱなしで、
楽しく描かせて
いただきました♡
これから千歌ちゃん
の恋は
どうなるのか…
早く続きが
読みたいです！
\(*゜▽゜*)/
ここまで
読んでくださった皆さま
ありがとう
ございました！
森乃なっぱ♡

集英社みらい文庫

渚くんをお兄ちゃんとは呼ばない
～ありえない告白～

夜野せせり　作
森乃なっぱ　絵

ファンレターのあて先
〒101-8050　東京都千代田区一ツ橋2-5-10　集英社みらい文庫編集部
いただいたお便りは編集部から先生におわたしいたします。

2018年 3月28日　第1刷発行
2021年12月13日　第11刷発行

発行者　北畠輝幸
発行所　株式会社 集英社
〒101-8050　東京都千代田区一ツ橋2-5-10
電話　編集部 03-3230-6246
読者係 03-3230-6080
販売部 03-3230-6393(書店専用)
http://miraibunko.jp
装　丁　AFTERGLOW
中島由佳理
印　刷　図書印刷株式会社　凸版印刷株式会社
製　本　図書印刷株式会社

★この作品はフィクションです。実在の人物・団体・事件などにはいっさい関係ありません。

ISBN978-4-08-321426-4　C8293　N.D.C.913　188P　18cm

みらい文庫10周年記念コラボ企画！

「みらい文庫」読者のみなさんへ

言葉を学ぶ、感性を磨く、創造力を育む……、読書は「人間力」を高めるために欠かせません。

たった一枚のページをめくる向こう側に、未知の世界、ドキドキのみらいが無限に広がっている。

これこそが「本」だけが持っているパワーです。

学校の朝の読書に、休み時間に、放課後に……。いつでも、どこでも、すぐに続きを読みたくなるような、魅力に溢れる本をたくさん揃えていきたい。読書がくれる、心がきらきらしたり胸がきゅんとする瞬間を体験してほしい、楽しんでほしい。みらいの日本、そして世界を担うみなさんが、やがて大人になった時、「読書の魅力を初めて知った本」「自分のおこづかいで初めて買った一冊」と思い出してくれるような作品を一所懸命、大切に創っていきたい。

そんないっぱいの想いを込めながら、作家の先生方と一緒に、私たちは素敵な本作りを続けていきます。「みらい文庫」は、無限の宇宙に浮かぶ星のように、夢をたたえ輝きながら、次々と新しく生まれ続けます。

本を持つ、その手の中に、ドキドキするみらい――。

本の宇宙から、自分だけの健やかな空想力を育て、〝みらいの星〟をたくさん見つけてください。

そして、大切なこと、大切な人をきちんと守る、強くて、やさしい大人になってくれることを心から願っています。

2011年　春

集英社みらい文庫編集部